다정하지만
만만하지 않습니다

공감부터 설득까지, 진심을 전하는 표현의 기술

다정하지만
만만하지 않습니다

정문정
지 음

문학동네

처음부터 잘하는 사람은 없습니다

"전 입만 열면 멍청해지는 것 같아요. 어떻게 하면 조리 있게 말할 수 있나요?"

"처음 보는 사람과 있으면 어색해서 아무 말이나 주절주절 내뱉고는 후회하는데, 그럴 땐 어떻게 해야 하나요?"

"화가 나거나 당황하면 아무 말도 못합니다. 뭐라고 받아쳐야 하나요?"

"예전엔 이 정도는 아니었던 것 같은데, 요즘은 글이 안 써지는 건 물론이고 책 한 권을 끝까지 읽는 것도 버거워요. 이럴 땐 뭐부터 해야 하죠?"

저의 첫 책 『무례한 사람에게 웃으며 대처하는 법』이 베스트셀러가 되자 도서관, 대학교, 기업, 방송국 등에서 강의할 일이 많아졌습니다. 질의응답 시간이면 청중은 주로 말하기나 글쓰기에 대해 질문했는데요. 그중 저를 가장 당황스럽게 한 질문이 있습니다.

"작가님은 글도 잘 쓰시고 말도 잘하시는데 비결이 뭔가요?"

평소 말을 잘한다는 얘기를 들어본 적 없었던 저는 이러한 칭찬에 어리둥절한 표정을 짓기 일쑤였습니다. 그러면 사람들은 "역시 작가님이라 말을 잘하시나봐요" 혹은 "작가님이 말도 잘하시는 게 신기하네요" 같은, 결론은 같지만 전제가 전혀 다른 칭찬을 건네곤 했지요.

여기에는 글을 자주 쓰거나 책을 많이 읽으면 자연히 말을 잘하게 된다는 믿음과, 말을 잘하는 것과 글을 잘 쓰는 건 다르다는 경험이 들어 있습니다. 이처럼 말과 글에 대한 사람들의 선입견이 다양하다못해 뒤죽박죽 섞여 있음을 체감하면서 글과 말에 대한 저의 오래된 경험을 돌아보게 되었습니다.

자기계발서는 대개 이런 메시지를 전합니다. 원래는 평범했거나, 평범한 사람들보다도 더 열악한 상황 속에 있었지만 각고의 노력 끝에 지금의 모습이 되었으니 당신도 나처럼만 하면 원하는 바를 이룰 수 있다고요. 다이어트 책은 저자의 비포/애프터 사진으로 시작하고, 투자서는 자기에게도 돈 때문에 허덕였던 때가 있었음을 고백하며 이야기의 물꼬를 트고, 루틴에 관한 책은 과거 저자 자신의 불규칙한 생활 습관을 강조하며 본론으로 들어갑니다.

이 책을 쓰면서 그러한 문법을 따르지 않으려고 요리조리 머리를 굴려봤는데 결국 실패했습니다. 아무리 어릴 적 기억을 끄집어내봐도 저는 말을 잘한다는 칭찬을 받아본 적이 없습니다. 앞에 나서기를 즐기는 편도 아니었어요. 중학교 때부터 교내외에서 상을 받았으니, 글쓰기에는 나름 자신이 있었지만요. 제가 기억하는 한 언제나 글이 말보다 훨씬 편했습니다.

오히려 말은 오랫동안 제게 공포와 불안의 대상이었습니다. 글은 천천히 생각하고 준비가 됐을 때 시작할 수 있고, 이해가 안 되는 글은 몇 번이고 다시 읽을 수도 있고, 어떻게 써야 할지 막막할 때는 다른 책을 참고할 수 있었습니다. 반면 말하기는 글쓰기와 완전히 반대였어요. 즉각 반응해야 하는 상황에서 저는 자주 긴장했고, 평소보다 실수가 잦아졌습니다. 그럴 때면 스스로를 자책하며 입을 꾹 닫았지요.

저는 오랫동안 '글쓰기는 노력 여하에 달려 있지만, 말솜씨는 타고나는 것'이라는 생각에 사로잡혀 있었습니다. 그러다가 말하기를 잘하려면 우선 자신에게 유독 취약한 상황이나 관계부터 찾아내야 한다는 것을 좌충우돌 끝에 깨달았지요. 한자어를 봐도 대화對話란 상대와 얼굴을 맞대고 이야기 나눈다는 뜻입니다. 영어로는 Dialogue 인데, 어원상 고대 그리스어 dia(통과하다, 사이로)와 logos(말, 말씀)에서 왔습니다. 직역하면 '말을 통과하다' '사이로 말하다'로, 말이란 서로를 통과해서 나간다는 뜻이죠. 이렇듯 말하기를 제대로 하려면 일상에서 어느 한쪽이 일방적이지 않게 이야기하는 연습이 선행되어야 합니다.

말하기를 곤혹스러워하는 사람들이 갈수록 늘어남을 체감합니다. 카페 옆자리에 가만히 귀 기울여보면 여럿이 둘러앉아 있지만 각자 자신의 이야기만 쏟아내는 '집단적 독백'의 전형적 예시를 접하고는 합니다. 젊은 세대 사이에선 전화공포증Call Phobia 을 토로하는 비율이 급증하고 있기도 하고요. 이렇게 무슨 말을 어떻게 해야 할지 도무지 모르겠다는 사람들이 늘어나는 이유로 저는 '텍스트 위주의 소통 방식 확대'와 '의사 표현의 외주화'를 꼽고 싶습니다.

이제는 연애 초기의 커플조차 휴대폰이 뜨거워질 때까지 몇 시간이고 통화하지 않습니다. 직장 내 소통도 대부분 메신저나 메일로 이루어지며, 앱에서 클릭 몇 번이면 배달 주문을 할 수 있습니다. 코로나19 시기 재택근무를 하던 직장인 중에는 "오늘 다른 사람과 단 한 마디도 하지 않았다"는 말이 자주 오갔습니다. 그 어느 때보다 말을 적게 하는 세상에 살고 있는 거죠. 대화란 일상에서 꾸준히 사용하며 갈고닦는 기술인데 이를 위한 절대적 시간이 부족하니 경험이 축적되지 않는 겁니다. 대화가 편안하지 않다보니 말에 과하게 힘이 들어가거나 같은 말실수를 반복하게 되지요.

메시지로 소통할 때조차 유행어와 이모티콘에 표현을 위탁할 때가 많습니다. 어느 날 함께 길을 걷던 친구가 활짝 핀 벚꽃을 보며 "우와. 너무 이쁘다. 짱짱!"이라고 말하더니 이 아름다운 풍경을 묘사하는 더 좋은 표현을 쓰고 싶은데 생각이 안 난다며 울상을 짓더라고요. 사랑한다고 말할 때는 하트가 그려진 이모티콘을, 화가 날 때는 머리 위에 불이 타오르는 이모티콘을 보내고, '확인했습니다'라는 말 대신 체크 표시를 누르는 데 익숙해지다보면 조금이라도 긴 글을 보내는 일조차 머쓱해집니다.

책을 내고, 강연을 하고, 자기 홍보를 해야 할 일이 늘어나면서부터 말을 잘하고 싶다는 생각을 하게 되었습니다. 이를 위해 노력하는 과정에서 말하기와 관련해 믿고 있던 두 가지 원칙이 깨졌어요. '솔직해야 한다'와 '아는 게 많으면 말을 잘한다'인데요. 솔직함을 핑계로 남에게 상처 주는 사람, 지나치게 어렵게 말하거나 우월감을 내세워 오히려 청중에게 외면당하는 사람을 보면서 생각이 바뀌었지요.

글쓰기에 대해서도 잘못 생각한 것이 있었습니다. 작가가 꿈이던 유년 시절엔 '특별한 경험이 많아야 글을 쓴다'거나 '불행한 사람이 글을 쓴다'고 믿었습니다. 술술 읽히는 글을 다소 낮추보기도 했습니다. 지금은 그렇게 생각하지 않습니다. 평범한 사람도 얼마든지 특별한 글을 쓸 수 있다고 믿고, 누구에게나 일 인분씩의 불행이 있을 뿐이라고 생각하죠. 또, 어렵게 쓰기보다는 가독성 높은 글을 쓰고 싶어 제 글을 이리저리 고치고 또 고칩니다.

어느 순간부터 작가로 활동하는 시간과 강연자로 활동하는 시간이 거의 비슷해졌습니다. 『다정하지만 만만하지 않습니다』에 그러한 시간을 거쳐 제가 알게 된 말하기와 글쓰기 간의 차이를 썼고, 이 차이를 활용해 어떻게 하면 자기표현을 부드러우면서도 명확하게 할 수 있을지 정리했습니다. 말하기 기술을 제대로 연마하면 좀 더 따스한 글을 쓸 수 있고, 글쓰기 기술을 제대로 연마하면 논리가 촘촘한 말하기를 할 수 있습니다.

말을 제대로 하는 것도 어렵고, 글쓰기는커녕 책 읽기조차 어려워하는 사람들이 많아지는 상황에서 말과 글을 제대로 구사할 수 있는 사람은 앞으로 더욱 경쟁력을 가지게 될 것입니다. 정확하게 말하려다 자꾸 뾰족해지는 사람에게, 친절하게 말하려다 메시지가 불분명해지는 사람에게, 말과 글이 재능의 영역이라고 치부해버리는 사람들에게 제 시행착오에서 얻은 깨달음을 나누고 싶습니다.

우리는 부드러우면서도 정확하게 말할 수 있습니다. 명확하면서도 날카롭지 않게 말할 수 있습니다. 다정하지만 만만해지지 않을 수 있습니다. 자신을 선명하고도 품위 있게 표현하고 싶은 분에게 이 책이 도움이 되길 바랍니다.

말은 부드럽게, 글은 선명하게

오해와 왜곡 없이, 생각과 진심을 전하는 법

글쓰는 마음,
말하는 태도

2018년에 낸 책 『무례한 사람에게 웃으며 대처하는 법』이 종합 베스트셀러가 되자 얼떨떨하면서도 두려워서 새벽마다 자고 깨고를 반복했습니다. 선잠이 계속되는 와중에 알아차렸죠. 그 어떤 행복에도 불순물은 끼어들기 마련이라는 것, 큰 기쁨에 익숙하지 않은 사람은 간절히 원하던 일이 이루어지더라도 내 몫이 아닌 듯 어색해한다는 사실을요. 십만 부, 이십만 부, 삼십만 부…… 책의 판매량이 늘어날수록 겁이 났습니다. 자격이 없다는 비난을 받을까봐 두려웠습니다. 운이 좋았을 뿐임을 들킬까봐 무서웠죠. 그건 자신이 이룬 바를 오직 운 덕분으로 돌리는 이들에게서 종종 나타나는 가면증후군의 전형적 증세이기도 했습니다. 언젠가 가면이 벗겨져 맨얼굴이 드러나고, 그게 사람들의 기대나 예상과는 너무 다른 모습이라 실망을 줄 거라는 염려. '물 들어올 때 노 저어라'라는 조언을 자주 들었으나, 저는 어지러움을 느끼는 이곳이 바다인지 호수인지 우물인지조차 알 수 없었습니다.

　도서관이나 서점의 소규모 행사가 아니고서는 대부분의 요청을 거절하고 있던 즈음 〈세상을 바꾸는 시간 15분〉(이하 〈세바시〉) 팀에서 연락이 왔습니다. 책 내용과 관련해서 강의를 해달라는 요청이었는데, 당시 한국형 TED를 표방했던 〈세바시〉는 발표하는 영상마다 높은 조회 수를 기록하며 화제가 되고 있었습니다. 자신이 없다고 거절 의사를 밝히자 담당자는 당황한 기색을 감추지 못했어요. 책을 홍보할 수 있는 좋은 기회니까 당연히 응하리라 예상해서였겠지요.

　며칠 후 당시 다니던 회사의 대표에게 호출이 왔습니다. 〈세바시〉 대표와 인연이 있는데 제가 무대에 서도록 설득해달라는 부탁을 받았다면서, 본인 생각에도 한번 해보면 좋겠다는 이야기였죠. 대표님은 전부터 제게 새로운 프로젝트나 중요한 프레젠테이션을 맡기면서 잘할 수 있을 거라 격려해주곤 했습니다. 이처럼 믿어주는 사람이 있으면 상대를 실망시키고 싶지 않다는 마음에 '어떻게든 되겠지' 하고 용기 내게 됩니다. 자리로 돌아온 저는 〈세바시〉 담당자에게 전화를 걸어 말했습니다.

"사실 잘할 수 있을지는 모르겠어요. 그래도 한번 해보겠습니다."

A4 용지 기준 네 장 정도를 쓰면 십오 분 내외로 말할 수 있는 분량이 나옵니다. 사전 면담에서 방송작가는 개인적 이야기에서 시작해 다 함께 생각해볼 수 있는 주제로 구조를 넓혀가며 강의안을 써보라고 조언해주었습니다. 처음에는 친근한 에피소드로 청중의 몰입을 돕고, 그후 본론으로 들어가라고도 했죠. 회사에서 카드뉴스를 많이 만들어봤기에 이 같은 스피치 구조를 짜는 방식이 낯설지 않았습니다.

작성한 대본을 입으로 여러 번 소리 내 읽어보았습니다. 그렇다고 줄줄 외우지는 않았습니다. 직접 쓴 제 이야기니까 스스로 가장 잘 알고 있고, 설사 긴장해서 몇 가지 표현을 잊어버리더라도 전체적인 흐름에서 벗어나지만 않으면 되니까요. 대본을 손에 들고 있으면 제스처가 제한되기도 하고, 자칫 대본에 지나치게 의존할 수 있으니 녹화 당일에 아무것도 챙기지 않았습니다. '나는 전문 강사가 아니고 작가야. 아무도 나한테 큰 기대를 하지 않을 거야. 좀 못해도 상관없잖아?' 스스로를 다독이면서 불안한 마음을 달랬죠.

곧 무대에 올라갈 테니 준비하라고 신호를 보내는 피디를 보면서 퍼뜩 한 가지 생각이 떠올랐습니다. 여기 와 있는 관객들은 대부분 제 얼굴을 처음 볼 테고, 그들이 알고 있는 정보는 『무례한 사람에게 웃으며 대처하는 법』이라는 책을 쓴 작가가 나온다는 정도라는 사실이었죠. 책 제목은 들어봤더라도 읽지는 않은 사람이 상당수일 터였습니다. 책 제목을 보고서 저자가 조금은 까칠한 성격이라고 예상하고 있을 것 같았습니다. 사람들은 차가운 이에게 마음을 열지 않는 법이죠. 어떻게 하면 청중이 품었을 선입견을 초반에 깬 뒤 제 이야기를 편안하게 듣도록 할 수 있을까 고민했어요. 잠시 후 조명이 켜지자 저는 허리를 깊이 숙여 인사한 뒤 미소를 지으며 말했습니다.

"안녕하세요, 정문정입니다. 생각보다 너무 예뻐서 놀라셨죠?"

와하하, 청중 사이에서 웃음소리가 터져나왔습니다. 이 강의 영상은 현재까지 유튜브에서 이백만이 넘는 조회 수를 기록하고 있는데요. 영상이 공개된 이후 강의 요청이 쏟아지기도 했습니다. 이후 용기를 내어 삼백 명 이상을 대상으로 하는 대규모 강의도 진행해봤고, 연예인을 청중으로 하는 강연 프로그램도 녹화해봤죠. 그러면서 말을 잘한다는 칭찬을 자주 듣게 되었는데, 전에는 거의 들어본 적 없는 말이었습니다.

글과 말의 결정적 차이, '척'

그날 이후로 저는 일주일에 한 번 이상 강의를 하고 있습니다. 주변 작가들에게 물어보면 강의를 좋아하고 즐기는 경우는 많지 않은 것 같습니다. 처음에는 작가들이 대부분 수줍음 많은 내향인이라서 그렇다고 생각했지만, 강의를 계속하며 알게 되었습니다. 작가로서의 태도와 강연자로서의 태도에는 큰 차이가 있음을요. 글쓰기와 말하기에는 각기 다른 에너지가 사용됩니다. 이를 알게 된 후 저는 강의가 있는 날에는 글을 쓰지 않습니다. 더불어 읽고 쓰는 컨디션을 유지하기 위해 한 달에 여덟 번 이상 강의 일정을 잡지 않지요.

예컨대 글쓰기의 중요한 태도 중 하나는 확신하지 않는 것입니다. 학술적인 목적의 글쓰기라면 다를 수 있겠지만요. 에세이 같은 글은 고민에 천착한 과정과 이해할 수 없는 일을 이해해보고자 노력한 흔적을 섬세하게 표현할수록 많은 이들에게 공감을 얻을 수 있습니다. 선언하듯 단호하게 쓰면 읽는 이가 부담스럽게 느낄 수 있죠. 꼭 결론을 낼 필요도 없습니다. 다르게 생각해볼 여지를 주면서 여운을 남기는 것도 괜찮아요. 작가는 하나하나 설명하거나 설득하는 사람이라기보다 독자에게 스스로 감상하고 사유하는 길을 알려주는 안내자에 가까우니까요.

반면 많은 사람들 앞에서 강의를 할 때는 주제의식이 명확해야 합니다. 청중들의 집중력은 그리 강하지 않아서 강사의 이야기를 더 들을지 말지가 초반 오 분 내로 결정이 납니다. 강사가 처음부터 호응도를 끌어올려서 기세를 몰고 가지 못하면 청중의 눈빛에 서려 있던 호기심과 호감이 금방 사그라들고 말지요. 말이 중심이 되는 세계에서는 화자와 청자 간에 일종의 기싸움이 팽팽하게 벌어지곤 하거든요. 많은 사람들 앞에서 자기 생각을 말할 때는 기승전결이 분명한 연극을 준비한다고 상상하면 좋겠습니다. 앞부분에서 공감대를 이끌어내고, 중간에서 주제의식을 강조하여 설득하고, 마지막에는 지금까지 한 이야기를 정리하는 식의 전형적인 타임라인이 필요하지요.

그러니 강의 시작 전에는 스스로 강하고 중요한 사람이라고 마인드 트레이닝을 할 필요가 있습니다. 글은 어떤 '척'에서 벗어나야 쓸 수 있는데 말, 특히 강의를 할 때는 '척'의 오라를 뒤집어쓴 뒤에 연기하듯 눈빛과 손짓, 호흡과 발성을 조절해야 하죠.

글을 쓸 때 저는 계속 의심하고, 말을 할 때 저는 확신하고자 노력합니다. 이처럼 상반되는 장르를 병행할 때 만들어지는 나름의 개성이 있는 것 같습니다. 한 가지에 몰입해야만 전문가의 역량이 길러지는 건 아닐 테니까요. 물론 이건 제가 둘 중 한 가지에 압도적인 재능이 없으므로 하는 자기합리화이기도 합니다.

강의를 할 때 작가의 자아가 위에서 내려다보며 지금 좀 우스꽝스럽지 않으냐고 비웃는 경우가 있습니다. 글을 쓸 때는 강의할 때의 정서가 글에도 스며들어 논조가 강해지기도 하고요. 그러나 말과 글을 병행하는 것에는 단점보다 장점이 더 많습니다. 말은 즉시성과 현장성이 있어 폭발적인 에너지가 발생하지만 금세 휘발됩니다. 반면 글로는 말이 닿지 못하는 심도 있는 논리를 차분히 세울 수 있죠. 또 페이스트리처럼 얇게 겹쳐진 감정의 결들을 다듬을 수 있고요. 말의 세계에선 더 무거워지고 싶고 글의 세계에선 좀더 가벼워져야 할 것 같은 기분을 매번 느끼니, 이중언어를 하듯 두 세계를 보다 폭넓게 조망할 수 있습니다.

또다른 차이도 있는데요. 말은 하면 할수록 확실히 느끼는데 글은 아무리 써도 느끼는 기분이 들지 않는다는 겁니다. 글쓰기는 어떻게 이럴 수 있나 놀랄 정도로 매번 꾸준하게 두렵고 괴롭습니다. 컴퓨터 앞에 앉는 걸 미루고 미루다가 '말하듯이 쓰자' '쉽게 읽히도록 쓰자' 하면서 나 자신을 다독여야만 간신히 시작할 수 있습니다. 이처럼 흔들리는 대로, 칸막이가 정확히 나뉘지 않아 양념과 냄새가 조금씩 섞여버린 반찬통을 들고 걸어가고 있습니다. 어쩌다보니 글쓰는 것과 말하는 것 둘 다 직업이 되었는데, 글쓰기에서는 외로움을 즐기고 말하기에선 유대감을 즐기면서 서로 다른 방향으로 최대한 오래 하고 싶습니다.

말할 때는 더하고,
글쓸 때는 빼야 하는 것

일 년 동안 매주 유튜브 촬영을 한 적이 있습니다. 그때 제 촬영본 편집을 담당한 피디가 함께 식사를 하다가 이런 말을 했어요.

"편집하면서 보니까 자주 쓰시는 말이 있더라고요. '예를 들면'이라는 말이요. 알고 계셨어요?"

제가 웃으며 물었습니다.

"저 '그럼에도 불구하고' '그러나' '그렇다면' 이런 말도 많이 쓰지 않아요?"

피디는 맞다면서 맞장구를 쳤지요. 한국어에는 다양한 접속사가 있습니다. 그리고, 그런데, 그러나, 그래도, 그래서, 또는, 게다가, 따라서, 오히려, 비록, 그렇지만 등등. 이런 접속사는 앞뒤 문맥의 관계를 나타내면서 이야기를 부드럽게 이어주지요. 대화나 발표에서 접속사를 사용하면 듣는 사람이 쉽게 이해할 수 있을 뿐 아니라 강조의 효과까지 더해집니다. 전하고자 하는 메시지를 더욱 선명하게 만들어주는 거죠. 청중과 소통하고 있다는 느낌이 들게 하기에 화자가 친절해 보이게도 하고, 말의 흐름을 논리적으로 만들어주기에 화자가 지적으로 보이게도 하지요.

저는 사람들 앞에서 길게 설명해야 할 때 의도적으로 접속사를 적극 활용합니다. 설명이 충분치 않다고 여길 때 '예를 들면', 반전의 효과를 주고 싶을 때는 '그런데' '하지만' '그럼에도 불구하고', 인과관계를 강조할 때는 '그렇기 때문에', 마무리에서 강조하고 싶을 때 '하나만 더 덧붙이면'을 쓰는 식이죠. 이런 표현을 적재적소에 넣으면 다음에 무슨 말을 하려는지 청중이 예상하기 쉽게 도와주어 집중력을 끌어올리기 좋습니다.

〈그것이 알고 싶다〉라는 탐사 보도 프로그램에서도 한 진행자가 '그런데 말입니다'라는 표현을 자주 썼습니다. 여기까지 시청했다면 대략 이런 이야기라고 짐작하고 있겠으나 지금부터 반전이 시작된다든지, 추가로 새로운 의혹이 발견되었다는 말을 하기 전에 사용했지요. 뒷이야기가 뭘지 궁금하게 하는 표현을 반복해 사용함으로써 사람들의 뇌리에 강렬히 남았기에 이 말이 유행어가 되기도 했습니다. 아나운서들이 뉴스에서 말하는 내용도 잘 들어보면 '말씀드린 것처럼' '어찌됐든' '한편' 같은 표현을 적극적으로 사용하고 있음을 알 수 있습니다.

이처럼 접속사가 지닌 힘을 알고 있기에 말에서는 제대로 활용하려고 합니다만, 글을 쓸 때는 접속사를 최소한으로 씁니다. 특히 퇴고를 하다가 문단의 시작 문장에서 접속사를 발견하면 가능한 한 빼고 다시 쓰지요. 글쓰기 초보를 위한 책들을 읽어보면 공통적으로 나오는 조언 중 하나가 접속사와 부사를 줄이라는 것이에요. 문장과 문장이 유기적으로 연결되도록 썼다면 삭제해도 아무런 문제가 없고 가독성도 높아진다는 이유에서입니다.

많은 작가들이 '글에서 접속사와 부사를 최대한 없애라'는 조언을 하는데, 심지어 스티븐 킹은 "지옥으로 향하는 길바닥은 부사로 포장되어 있다"라는 말을 남길 만큼 부사에 극도의 경계심을 보였습니다. 실제로 글쓰기 초보들의 잦은 실수 중 하나가 접속사와 부사를 과도하게 사용하는 겁니다. 초등학생이 일기를 쓴다면 아마 이런 식으로 글을 쓸 확률이 높을 거예요.

일요일에는 너무 심심했다. 그래서 집 앞 놀이터에 갔다. 갔더니 반 친구들이 있어 엄청 기분이 좋았다. 공놀이를 했는데 정말 재미있었다. 그런데 조금 뒤에 엄마에게 전화가 와서 밀린 숙제를 해야 하니 집에 들어오라고 하셨다. 너무 아쉬웠지만 친구들에게 다음에 또 놀자고 하고 집에 돌아갔다. 하지만 다음에는 더 길게 놀고 싶다.

글쓰기 수업에서 만나는 수강생들 중 평소에 글을 거의 써보지 않았다고 하는 분들의 글도 이와 비슷한 양상을 띠곤 합니다. 접속사, 부사가 많고 한 문단 안에서도 이야기가 메뚜기처럼 여기저기 뛰어다니곤 하지요. 여기서 접속사와 부사를 빼기만 해도 훨씬 깔끔한 글이 나옵니다.

일요일에는 심심했다. 집 앞 놀이터에 갔더니 반 친구들이 있어 기분이 좋았다. 공놀이를 했는데 재미있었다. 조금 뒤에 엄마에게 전화가 와서 밀린 숙제를 해야 하니 집에 들어오라고 하셨다. 아쉬웠지만 친구들에게 다음에 또 놀자고 하고 집에 돌아갔다. 다음에는 더 길게 놀고 싶다.

사유가 촘촘하게 이어지도록 글을 썼다면 접속사가 필요 없다는 것, '부사'로 감정이나 상태를 강조하는 대신 '묘사'로 보여주라는 것이 글쓰기 작법서에서 흔히 볼 수 있는 지침입니다. 반면 말하기에서는 "너무너무 좋아"처럼 부사를 많이 쓰면 감정이 풍부해 보일 수 있고, 접속사를 잘 활용하면 설득력 있게 다가갈 수 있지요. 저는 이 같은 차이가 말과 글이 각각 무엇을 지향하는지 보여주는 증거라고 생각합니다.

공감과 배려 vs 논리와 정리

말하기에서는 공감과 배려가 최우선입니다. 듣는 사람이 어디까지 이해했을지, 오해할 만한 부분은 없을지 시시각각 체크하면서 길을 안내하듯 말하는 게 중요하지요. 중간중간 멈춰서 현재 와 있는 지점과 앞으로 나아갈 방향을 짚어주기도 하고, 중요한 이야기는 반복하기도 해야 합니다. 종종 질문을 던져서 생각의 주도권을 넘길 필요도 있고요. 청중의 몰입을 위해서 특정 에피소드를 극적으로 단순화해야 할 때도 많습니다.

글쓰기에서는 공감과 배려보다 더 중요한 가치가 있습니다. 논리와 정리인데요. 얼마나 논리정연하고(흐름이 매끄러운지) 정돈된 문장으로 쓰였는지가 중요합니다. 독자의 이해도에 맞춰 그때그때 표현을 수정하지 않아도 됩니다. 그럴 수 없기도 하지만요. 글을 어렵게 느끼는 독자가 있다면 재차 정독하면서 이해할 테니까요. 글을 쓸 땐 핵심 타깃을 설정해두긴 합니다만, 쌍방향으로 즉시 소통하지는 않기에 작가가 믿는 바를 흔들림 없이 밀고 나가는 게 중요합니다. 쉬운 표현만을 찾기보다 작가만의 색깔을 보여줄 수 있는 표현으로 가다듬는 게 필요하고요.

말을 하면서는 더욱 친절한 표현을 찾도록 애쓰고, 글을 쓰면서는 세심한 표현을 찾도록 노력해야 한다고 느낍니다. 말하는 일을 주로 하는 사람도 결국 그 이야기를 글로 쓸 가능성이 크고, 글쓰는 일을 주로 하는 사람도 그 내용을 말로 전달할 일이 생기기 마련입니다. 아무리 최고의 강사라 하더라도 강의한 내용을 그대로 옮기기만 해서는 책이 될 수 없어요. 그 차이를 느끼며 연습해본다면 말을 전문으로 하는 사람은 글쓸 때 좀더 유려해지고, 글을 전문으로 하는 사람은 말할 때 덜 지루해지지 않을까요. 그러고 보면 말은 좀더 감성의 영역에 가깝고, 글은 이성의 영역에 가까운 듯하기도 해요. 둘 중 하나가 유독 어렵게 느껴졌다면 이 차이를 참고하여 부족한 부분부터 연마해보면 좋겠습니다.

품격 있는 말의

비밀

한 교수가 강의시간에 "한국 출산율이 너무 낮아서 국가가 존망의 위기에 놓였다"고 말했다가 비속어를 사용했다는 이유로 학생에게 신고당했다는 기사를 읽었습니다. 상황을 이해하려 애써보자면, 아마 그 학생은 존속과 멸망이라는 뜻의 '존망'을 그와 발음이 비슷한 비속어로 알아들은 것이겠지요. 이 에피소드를 접하자 이동진 평론가가 영화 〈기생충〉에 대해 "상승과 하강으로 명징하게 직조해낸 신랄하면서 처연한 계급 우화"[1]라고 했다가 잘 쓰지 않는 어려운 단어로 허세를 부린다고 비난을 받았던 일이 떠올랐습니다. 제가 보기엔 논란거리가 될 이유가 없는, 그저 해프닝일 뿐이었는데, 갑론을박이 꽤 길어져 당황스러웠죠.

여기저기서 문해력 저하 때문에 문제라고들 합니다. 한글을 읽을 수 있다 뿐이지 내용을 제대로 이해하지는 못하는 실질적 문맹이 증가하고 있다고도 합니다. 대표적인 이유로 책은 읽지 않으면서 스마트폰으로 자극적인 영상만 보기 때문이라는 목소리가 힘을 얻고 있습니다. 일리 있는 주장이라고 생각합니다. 그런데 저는 요즘 사람들이 책은 잘 읽지 않지만 그 어떤 세대보다 훨씬 많은 텍스트를 접하고 있는 것 같아요. 지하철이나 버스에서 사람들이 스마트폰으로 기사나 글을 읽는 모습을 자주 보거든요. 세계정보산업센터에 따르면 한 사람이 매일 다양한 기기를 통해 소비하는 정보의 양은 평균 34기가바이트에 육박하는데, 이는 영어 단어 십만 개에 가까운 양이라고 합니다.

문제는 이 같은 과잉 정보로 인해 우리의 뇌가 항상 과부하 상태에 있다는 겁니다. 수많은 정보를 접하다보니 정독하는 대신 중간중간 건너뛰면서 콘텐츠를 보지요. 대충 훑어보거나 심지어 댓글만 보고는 본문의 내용을 다 알았다고 착각하는 경우가 적지 않습니다. 정확히 모르면서 이해했다고 착각하는 일이 잦아지다보니 이상한 방향으로 용감해지곤 하는데요. 모르는 걸 찾아볼 생각은 않고, 상대에게 왜 제대로 말하지 않느냐고 되레 화를 내는 상황이 대표적인 예입니다. 저는 이처럼 사람들이 스스로 '알고 있다는 착각'에 빠지는 구조가 '존망' '명징과 직조' 사태를 불러일으켰다고 봄니다.

사실은 40퍼센트도 모르는데 80퍼센트쯤은 알고 있다고 착각하기 때문에 사람들의 어휘력 수준도 문해력과 함께 급강하고 있습니다. 요리에 비유하자면, 문해력은 볶음밥을 만들 수 있는 능력이고, 어휘력은 볶음밥을 만드는 데 필요한 재료를 구비해두는 준비성입니다. 냉장고에 계란과 파뿐이라면 요리 실력이 아무리 좋아도 계란볶음밥만 만들 수 있겠죠. 관자나 트뤼프오일같이 특별한 재료가 주어진다면 볶음밥의 맛은 평소보다 더 풍성해질 테고요. 식당에서 다양한 볶음밥을 먹어보기도 하고 스스로 이런저런 재료를 추가해 요리해보기도 한 사람, 즉 도구와 재료, 경험이 풍부한 이의 볶음밥은 그 맛이 남다를 것입니다. 비슷한 맥락에서 제가 절대 동의할 수 없는 속담이 '장인은 붓을 가리지 않는다'입니다. 어떤 분야에서든 이름난 명장은 자신의 실력을 극대화해줄 수 있는 도구를 가까이에 소중히 구비해두기 마련이거든요.

어휘력을 계발하기 어려운 상황이 이어지면서 사람들의 일상 대화 또한 밋밋해지고 있습니다. 버스나 지하철에서, 카페에서, 또는 친구들 간 대화를 한번 귀 기울여 들어보면 대략 이런 식의 소통이 왕왕 이루어진다는 것을 체감할 수 있을 겁니다.

"케이크 존맛"

"오. 존맛탱."

"너 어제 그 경기 봤어? 그 선수 폼 미쳤더라."

"완전 지리던데. 대박."

"근데 감독은 뭐하는 거야? 진짜 쥐어패고 싶어. 극혐."

"개극혐. 진짜 한 대 치고 싶더라."

거칠게 요약하긴 했지만 십대에만 한정되었거나 표현력이 극도로 부족한 소수의 대화가 아닙니다. 이런 대화들 앞에서 제일 먼저 체감하는 것은 '반향실 효과echo chamber effect'예요. 반향실 효과는 소리가 울려 메아리치도록 설계한 방에서 유래한 말입니다. 반향실 안에 있으면 같은 소리를 반복해 듣듯, 비슷한 성향의 사람들끼리 모여 동일한 의견만 나눈다면 설득이나 설명을 위한 새 언어를 개발하지 못하고 매번 비슷한 어휘만 쓰게 된다는 것이죠. 대중문화 비평가이자 정신과 의사인 사이토 다마키는 일본의 대표적인 거리를 돌아다니면서 청소년들이 어떤 말을 하며 소통하는지를 살펴보니 '의미'가 아니라 '감정의 강도'를 공유하고 있더라고 발표한 적 있습니다. 즉 대화를 통해 의미나 생각을 주고받기보다 원초적인 감정만 나누다보니 대화에 사용하는 어휘가 빈약해질 수밖에요.

저는 '언어 표현의 외주화'에 대해서도 심각한 문제를 느끼고 있습니다. 메신저로 소통할 때 길게 말을 쓰려다가도 귀여운 이모티콘 표정 하나로 대체해버리는 경우가 많지요. 어떤 감정을 구체적으로 표현하려다가 유행어를 써버리고 말 때도 자주 생깁니다. 너무 진지해 보일까봐, 귀찮아서 등의 이유로 흔한 표현만 빌려오다보면 나중에는 새로운 표현을 쓰고 싶어도 당장 머릿속에 떠오르는 말이 없어지지요. 그래서 빈약한 단어 몇 개로 돌려막게 됩니다. 저 또한 '대박'이라는 말을 습관적으로 쓰다보니 뭘 보더라도 일단 '대박' '대박이네'에서만 긍정 표현이 맴도는 걸 발견한 적이 있습니다.

어휘력을 키우기 위한 세 가지 연습

평소 책을 가까이하면 딱히 다른 노력을 하지 않더라도 문해력에는 문제가 없습니다. 하지만 어휘력은 책을 많이 읽더라도 일상에서 다양한 표현 등으로 계속 활용하지 않으면 실력이 저하되기 쉽습니다. 저는 안락한 반향실에서 튀어나오기 위해, 언어 표현에 외주를 덜 주기 위해 세 가지 연습을 꾸준히 해오고 있습니다.

첫번째는 무언가 저를 감동시켰을 때 순간적으로 유행어나 감탄사가 튀어나오더라도, 그뒤에 '왜냐하면'을 붙이는 습관입니다. 두번째는 정기적으로 독서 모임에 참여해서 다른 사람들은 어떤 생각을 했는지 듣는 것이고, 세번째는 유의어를 자주 찾아보는 거예요. 세 가지 연습에 대해 하나씩 설명해보겠습니다.

첫째, 저는 특히 남들에게 무언가를 추천할 때 '왜냐하면'을 꼭 덧붙입니다. '진짜 잘 만들었더라고요' '최고예요' '눈물 났어요' '좋아요' 같은 말에서 끝내지 않고, 그 감정에 이르게 된 이유를 설명해줍니다. '강추' 같은 말만 하고 끝내버리면 어휘력이 자꾸 빈곤해지는 건 둘째 치고 상대에게 어떤 식으로든 정보를 전달하기 어렵기 때문이죠.

이유를 밝히기 위해 스스로에게 왜 좋았는지 물어보는 연습을 하다보면 어휘력뿐 아니라 사고의 확장에도 도움이 됩니다. 자기 취향을 더욱 세밀히 살펴볼 수도 있지요. "최근 드라마 〈정신병동에도 아침이 와요〉가 인상적이었어요. 병원에서 일어나는 이야기는 대부분 의사 위주인데 이건 간호사와 환자 입장에서 볼 수 있어서 신선했거든요. 작가가 실제 간호사로 일했던 경험을 담은 웹툰이 원작이라 그런지 정신병원에 대한 이야기가 현실적이면서도 따스하게 그려져 있더라고요"처럼 근거를 대는 걸 습관화하는 거예요.

둘째, 독서 모임을 꾸준히 하는 겁니다. 독서 모임을 하는 이유를 주변에 물어보면 강제로라도 책을 읽어야 할 것 같아서라는 답변이 주를 이룹니다. 저의 경우 독서 모임에 참가하는 이유는 책을 읽기 위해서가 아니라 책에 대해 다양한 이야기를 나누기 위해서예요. 서로 다른 입장에 대해 얼굴을 붉히지 않은 채 토론하고, 서로의 차이를 인정하면서 한 권의 책에 대해 다방면으로 말해보는 경험을 하면 압축적으로 어휘력 훈련이 될 수밖에 없습니다.

셋째, 유의어를 자주 검색해봅니다. 예전에는 네이버 국어 사전을 적극 활용했습니다. 단어를 검색하면 그 밑에 유의어가 함께 나오는데, 그걸 보면서 뉘앙스 차이를 익히고 실제로 써먹어봤죠. 예컨대 '사랑하다'를 찾으면 유의어로 '경애하다' '귀애하다' '연모하다' '사모하다' '아끼다' '열애하다' 같은 말이 주르륵 나옵니다. 최근 들어서는 구글에서 만든 인공지능 검색 사이트 제미나이Gemini를 애용하고 있습니다. '사랑하다의 유의어 알려줘' 같은 식으로 질문하면 유사한 단어들을 선별한 후 그 뜻까지 한 번에 정리해서 보여줘 편리해요. 꼭 한번 사용해보시길 바랍니다.

위 문단만 봐도 비슷한 뜻인 '활용' '애용' '써먹다' '사용'이라는 어휘를 골고루 사용했습니다. 유의어를 많이 알고 있으면 표현이 단조로워지는 걸 막을 수 있어요. 저는 강조하려는 의도가 있어서 일부러 반복하는 경우를 제외하고는 한 문단 안에서 같은 단어를 쓰지 않으려 애씁니다.

'솔직하게' vs '정직하게'

학사와 석사, 박사의 차이에 대한 우스갯소리를 들은 적이 있어요. 학사가 '난 정말 많이 알아'라고 생각한다면, 석사는 '내가 정말 모르는 게 많구나'라고 여기고 박사는 '다들 잘 모르는구나'라고 깨닫는 사람이라는 이야기였지요. 모국어에 대해서도 우리 대부분은 학사의 마인드가 아닌가 싶습니다. '나도 꽤 알아. 이 정도면 사는 데 불편한 거 없거든'이라고 생각하기 때문에 노력할 필요를 못 느끼는 경우가 많은 듯합니다. 간단한 의사 표현에는 문제가 없더라도 어휘력이 부족하면 본격적이고 수준 높은 대화, 논리가 필요한 글쓰기를 해야 할 때 난관에 부딪히기 십상인데도 말이지요. 용기는 무지에도 불구하고 자신만만한 데서 나오는 게 아니고, 무지를 담대하게 받아들이고 새로움을 익히는 데서 나옵니다.

'한국인보다 더 한국어를 잘하는 외국인'이라는 별명을 가진 미국인 타일러 라쉬의 말을 들어보면 다소 어색한 억양에서 외국인임을 알아차릴 수 있습니다. 억양만 떼놓고 보면 타일러보다 더 한국인 같은 외국인도 얼마든지 찾을 수 있어요. 그의 진면목은 고급 어휘에서 드러납니다. 사자성어부터 한자어나 전문용어까지 줄줄 꿰고 있는 타일러의 한국어를 듣고 있으면 독서의 양과 사유의 깊이가 대단하다는 사실을 대번에 알아차리게 됩니다. 이처럼 어휘력이라는 재료를 꾸준히 수급해둔 사람은 말하기나 글쓰기에서 자연스레 두각을 드러냄을 믿기에 저 역시 계속해서 수련하고 있지요.

여행자로서 관광지에서 쓰는 영어와 대학에서 학위를 받기 위한 영어는 전혀 다릅니다. 같은 모국어여도 어린이가 쓰는 어휘와 어른이 쓰는 어휘는 달라야 하지요. 저는 한국인이자 교육받은 성인으로서 정확하고 품격 있게 한국어를 구사하고 싶습니다. 그러다보니 '솔직하게'가 좋을지 '정직하게'가 좋을지(누군가가 보기엔 별 차이도 없어 보이는 말 사이에서) 등을 두고 자주 고민합니다. 책을 읽다 모르는 단어가 있으면 밑줄을 쳐놓고 꼭 검색해보고요.

여러분도 고급 한국어를 구사하기 위해 일상에서 쓰는 표현을 적극 늘려보시길 바랍니다. '오늘 하늘 짱'을 '하늘이 청명해'로 바꿔보는 식이죠. 이런 과정을 반복하다보면 유행어나 이모티콘 뒤에 숨어 있던 감정이나 사유가 툭툭 튀어나오기 시작할 거예요. 학창 시절 영어 단어를 달달 외웠던 시간의 반의 반의 반 정도만이라도 꾸준히 할애한다면 어휘력으로 인한 고민이 줄어들리라 확신합니다.

어휘력 향상에
도움되는 책

···

『우리말 어감 사전』

안상순, 유유, 2021

이 책의 저자인 안상순은 삼십 년 넘게 국어사전을 만들었습니다. 그는 우리말의 미묘한 차이를 조사해서 말맛, 쓰임, 뉘앙스, 어감에 따라 차이가 있는 표현을 모아 분류하고 정의했지요. 예컨대 걱정은 "좋지 않은 일이 일어날까봐 편치 않은 마음을 가지는 것"이고 염려는 "잘못되지 않을까 마음을 쓰는 것"이며 근심은 "해결되지 않는 일 때문에 괴로워하는 것"이라고 설명해요.[2] 한 페이지씩 천천히 곱씹으며 생각해봐야 진가가 드러나는 책으로, 우리말을 섬세하고 세심하게 쓰고 싶은 분들이라면 필독을 권합니다.

『마음사전』

김소연, 마음산책, 2008

『우리말 어감 사전』이 국어사전에 담기지 않은 뉘앙스의 차이를 연구해서 쓴 책이라면, 『마음사전』은 시인의 눈으로 감성의 차이를 직관적으로 찾아내 쓴 책입니다. 이 책을 처음 읽었을 때 섬세한 사람은 이토록 전혀 다른 세상을 볼 수 있다는 사실이 신기하고도 감탄스러웠어요. "처참함은 너덜너덜해진 남루함이며, 처절함은 더이상 갈 데가 없는 괴로움이며, 처연함은 그 두 가지를 받아들이고 승인했을 때의 상태다"[3] 같은 표현을 읽고 나니 다시는 이 책을 알기 전처럼 단어들을 뭉뚱그려 사용할 수 없게 되었답니다.

서간 에세이들

어휘력을 키우려면 친근하고 일상적인 관계에서 새로운 표현을 시도해보는 게 중요합니다. 이를 위해 서간 에세이 읽기를 추천해요. 친분이나 공통점이 있는 두 사람이 주고받은 편지를 묶은 책은 편지글의 특성상 편안하게 읽을 수 있고, 바로 적용 가능한 어휘의 팁도 얻을 수 있답니다. 크게 튀지 않으면서도 개성 있는 표현을 대거 발견할 수 있으니 술술 읽어보기를 추천합니다.

서간문 형식으로 된 책 중 유명한 것은 『반 고흐, 영혼의 편지』『이중섭 편지와 그림들 1916-1956』이 있어요. 특히 『이중섭 편지와 그림들 1916-1956』에서 "자, 나만의 소중하고 소중하고 또 소중한, 한없이 착한 오직 유일한 나의 빛, 나의 별, 나의 태양, 나의 모든 애정의 주인인 나만의 천사, 가장 사랑하는 현처 남덕 군, 건강하게 기운을 내주오"[4] 같은 문장을 발견할 수 있는데요. 사랑한다는 흔한 말로 끝내기가 아쉬워서 어휘를 고민하여 다채롭게 표현한 글을 보면 그러한 노력이야말로 사랑의 다른 이름임을 느낄 수 있답니다. 그 외 추천하는 서간 에세이로는 『가장 사소한 구원』(라종일·김현진 지음), 『아주 사적인, 긴 만남』(마종기·루시드 폴 지음), 『사랑하는 안드레아』(룽잉타이·안드레아 지음), 『우연의 질병, 필연의 죽음』(미야노 마키코·이소노 마호 지음)이 있습니다.

말을 못하는 게 아니라
얼어붙는 거예요

"사람들이 제게 집중하면 심하게 긴장해요" "말할 차례가 되면 머리가 하얘져요"라고 말하는 사람들이 있습니다. 이런 고충을 토로하는 이들은 본인이 말을 못하는 유형이라고 단정하고 말수 자체를 줄이는 경향이 있죠. 발표할 일을 가능하면 만들지 않으려 하고, 회의 때도 의견을 개진하기보다는 다른 사람의 말에 호응만 하는 경우가 많습니다.

저 역시 사회 초년생일 때 월례회의 시간이 돌아오는 걸 두려워했어요. 나이 많은 팀장님이 불편하기 때문이었습니다. 오십대 남성이었던 상사는 제가 무슨 말을 해도 반응이 없고 늘 무표정해서 '뭐가 마음에 안 드시나?' '내가 제대로 말하고 있는 게 맞나?' 같은 생각이 자꾸 들곤 했습니다. 그렇게 생각하기 시작하면 걷잡을 수 없이 집중력이 흐트러지면서 목소리가 쪼그라들고 호흡이 불안해졌죠.

직속 선배나 동기들과 회의할 때는 괜찮은데 유독 상사 앞에서는 얼어붙으니 발표할 일이 생기면 선배에게 부탁한 적이 많았습니다. "저는 잘 못하니 선배가 대신 좀 해주세요"라며 말이죠. 입밖으로 나오는 말에는 자기실현적 예언이 어느 정도 포함되기 마련인가봐요. 그 과정에서 제가 정말로 공적인 말하기를 못하는 사람이라고 믿기 시작했거든요.

그러다 어쩌면 내가 공적인 말하기를 못하는 게 아닐 수 있다고, 지금까지의 행동을 돌아보게 된 계기가 생겼습니다. 이십대 후반일 때의 이야기입니다. 협력업체의 남자 부장 앞에서 콘텐츠 방향을 설명하고 있었지요. 발표중 그 사람 휴대폰이 울렸는데 회의실 안에서 전화를 받더군요. 그는 어떤 양해의 말도 없이 삼십 초 정도 큰 소리로 통화를 하더니 앞문을 열고 밖으로 나갔습니다. 잠시 말을 멈췄던 저는 아무렇지 않은 표정으로 발표를 이어가야 했어요. 하지만 속에서는 성냥을 그어 불꽃이 확 피어오르는 듯했고, 그 열기로 얼굴까지 홧홧해지고 말았습니다.

나라면 어땠을까 계속 생각했습니다. '나라면 전화를 받지 않았을 텐데. 혹여 너무나 긴급한 전화였다면 죄송하다고 연신 미안한 표정을 지으며 양해를 구한 뒤 나가서 전화를 받았을 거야. 저 사람, 내가 만만해서 저러는 거 아니야? 나를 무시하나?'

그로부터 몇 달이 지난 후였습니다. 함께 회의실에 있던 사람들과 그 경험이 얼마나 기분 나빴는지에 관해 이야기할 일이 있었는데, 제게 너무나 굴욕적이었던 상황을 다들 기억조차 못하는 겁니다! 당황해서 구체적인 상황을 설명하자 그제야 기억이 난다는 듯한 표정을 짓더군요. 그러고는 '그럴 수도 있지. 그 정도는 별것 아니지 않나'라는 반응을 보이는 거예요. 저는 생각의 회로를 다시 펼쳐보았습니다.

학부 시절 심리학 공부에 심취한 적이 있는 저는 분노 버튼이 어디서 눌렸는지 캐나가기 시작했습니다. 스스로도 유독 이 사건에 크게 반응한다고 느꼈거든요. 저는 대구에서 1980년대에 태어나 남성 중심적이고 권위주의적인 분위기가 만연한 환경에서 자랐습니다. "네가 아들이라고 해서 낳았는데 의사한테 속았다" 같은 이야기를 어릴 때부터 들어왔고, 부모에게 이름 대신 '쓸데없는 가시나'라는 호칭으로 불렸죠(화가 났을 때가 아니라 일상적으로 쓰던 표현이었습니다). 어른들은 제가 무슨 말만 하면 말대꾸를 한다면서 조용히 하라고 했습니다. 그런 분위기 속에서 성장하며 만난 사회의 어른들은 대부분 중년 남성이었어요. 특히 아버지는 제가 무슨 말을 하더라도 비아냥거릴 부분을 끄집어내는 사람이었습니다. 우리의 대화는 제가 화를 참시 못하고 울거나 한숨을 쉬며 방문을 닫고 들어가는 걸로 끝이 났죠.

고등학교 때는 까만 리본이 달린 삼 센티미터 굽의 까만 구두를 신고 갔다가 중년 남성인 학생주임에게 압수당한 적이 있어요. 새 구두를 신고 간 게 아니라 전부터 신던 거였는데도요. 그는 학칙 어디에 장식 달린 구두를 금지하는 규정이 있는지 알고 싶다는 제 말에 "선생한테 말대꾸한다"며 뺨을 때리고, 복도에서 엎드리게 한 뒤 방망이로 엉덩이를 연신 내리쳤죠. 대학 때 대다수를 차지하던 중년의 남성 교수들은 발표를 시킨 후 지루하다는 표정을 지어 보인 적이 많았습니다. 저는 그때마다 주눅이 들었어요. 금방이라도 하품을 할 것 같은 표정을 보면 머리 위에 이런 말풍선이 뜨는 듯했어요.

'네 말은 지루해. 네 이야기에 관심 없어.'

스스로를 돌이켜보면 동성이든 이성이든 친구들 사이에서는 수다스러운 사람이었어요. 연애할 땐 대화가 잘 통하는 걸 중시했고요. 나이가 많은 사람을 불편해했다기엔 여성 교수님이나 여성 상사 앞에서는 말하기가 두렵지 않았어요. 제가 힘들어하는 상황은 중년 남성을 상대로 말하는 경우였습니다. 그 앞에서 제가 유독 얼어붙는 이유는 그들과는 긍정적인 교감을 나눈 기억이 없기 때문이었어요. '자라 보고 놀란 가슴 솥뚜껑 보고 놀란다'는 속담처럼 먼저 경직되기부터 했죠. 아버지에 대한 기억에서 시작해 몇몇 선생님, 교수님, 상사를 거치며 그들이 제 말을 제대로 듣지 않고 무시한다고만 느껴왔으니까요. 굴욕의 경험이 켜켜이 쌓이면서 '중년 남자는 무서워' '중년 남자와는 말이 안 통해'라는 편견이 마음속에 공고해진 것이죠.

그 사실을 깨닫고 나니 오히려 후련한 기분이 들었습니다. 제가 중요한 자리만 가면 과도하게 긴장하는 사람이라고 생각했는데, 중요한 자리여서가 아니라 중년 남성 앞에서 말하는 상황을 두려워하고 있음을 알게 되었으니까요. 그후 저는 그동안 어려워했던 상사 앞에서도 말하는 게 덜 힘들어졌어요. 신기하지요? 상황 자체는 바뀐 게 없는데, 힘들어하는 맥락이 무엇인지를 정확히 알고 나자 감당할 만해졌다는 게요. 중년 남성을 만날 때마다 무의식적으로 떠오르는 두려움과 평가를 지우려고 노력하니 차츰 나아지는 스스로를 느낄 수 있었습니다.

'언제나' 말을 못하는 사람은 없습니다

비슷한 시기에, 저는 편안하게 대할 수 있는 중년 남자 모델이 필요하다는 생각을 했어요. 평소 잘 접하지 않는 인간 군상은 몇몇만 보고 편견과 오해를 쌓기 쉽잖아요. 하지만 경험치가 많으면 그들을 어떤 공통점으로 뭉뚱그리지 않고 개별적으로 바라보게 되거든요.

사진을 배우려던 차였기에 문화센터에서 일부러 중년 남성이 선생님인 강좌를 택해 들었습니다. 이전이었다면 분명 여성 선생님 수업을 신청했을 거예요. 그 수업이 끝나고 또다른 중년 남성 선생님의 수업을 들었죠. 문화센터 수업은 대학이나 회사에 비해 소통이나 발표가 훨씬 자유로운 분위기에서 진행되지요. 일 년 넘게 각기 다른 중년 남성 선생님 수업을 들으면서 함께 현장실습도 나가고, 전시도 준비하고, 식사를 하면서 대화를 나눌 기회가 많이 생겼어요.

그때의 경험이 특정 대상 앞에만 서면 일단 얼어붙던 습관을 상당 부분 완화시켜주었습니다. 회사에서 남성 팀장이나 대표님을 보더라도 점차 평소처럼 자연스럽게 행동하게 되었는데, 그들도 그걸 알아차린 듯했어요. 그때는 마음을 들킨 것 같아 신기했는데 나중에 많은 후배들을 대하며 알았습니다. 저를 어려워하는 후배는 티가 나서 모를 수가 없더군요. 그 후배가 불편할까봐 저도 먼저 다가가기 힘들었죠. 나를 있는 그대로 대하는지, 편견과 선입견으로 만들어진 특정 이미지로 대하는지는 상대도 금세 알아차립니다.

스스로 말을 못한다고 여기는 사람이라면 유독 어떤 상황에서 말하기가 어렵게 느껴지는지 잘 생각해보세요. 가족끼리는 대화하기가 편한데 친구와는 어려운 경우가 있고 그 반대의 경우도 있습니다. 회사에서도 남성 상사는 편한데 여성 상사는 유독 어려운 경우가 있고 그 반대도 있죠. 자기표현이 어려운 상황에서의 경험만 강렬하게 기억하기에 이를 근거로 '나는 말을 못하는 사람'이라고 단정짓기 쉬우나, 대부분 편안한 환경에서는 술술 말하기 마련이라는 사실을 잊으면 안 됩니다. 언제나 말을 못하는 사람은 없습니다. 특정 환경에서 얼어붙는 사람이 있을 뿐이죠. 경직시키는 상황의 원인을 찾는 것부터 해보세요. 그걸 알아내면 두려움 없이 나의 이야기를 펼칠 수 있는 기반이 준비된답니다.

이금희의 환대, 유시민의 비유, 김영하의 반전

이금희 아나운서가 사회를 보는 음악회에 간 적이 있습니다. 〈아침마당〉 같은 프로그램을 통해 접하긴 했지만 그의 진행을 바로 앞에서 본 건 처음이었어요. 12월 초였는데 긴 원피스를 입고 등장한 이금희 씨는 청중에게 특유의 인자한 표정으로 말을 걸더군요. 기억에만 의존한 멘트여서 정확하지는 않지만 대략적인 내용은 이러했습니다.

"12월은 '쿵'과 '붕'이 번갈아 일어나는 달 같아요. 벌써 한 해가 이렇게 가는구나 싶어서 마음이 쿵 내려앉았다가, 거리에 가득한 크리스마스 장식을 보거나 크리스마스 캐럴을 들으면 또 어쩔 수 없이 마음이 붕 뜨곤 하죠. 쿵 그리고…… 부웅, 여러분의 마음은 요즘 어떠신가요?"

쿠우웅, 이라고 발음할 때 그는 눈썹을 들어올……렸다가 천천히 내리면서 조금은 슬픈 목소리로 여운을 남겼고 부우웅, 이라고 말할 때 그는 한층 경쾌하게 발음하며 미소 지었습니다. 강조하고 싶은 표현이 있으면 의도적으로 삼 초 정도를 멈추고 좌중을 바라보며 뜸을 들였고요. 마치 악기 연주를 하듯 말의 높낮이를 리드미컬하게 조절하는 모습을 보며 저는 연신 박수를 쳤습니다. '좋아하는 연예인에게 조련당한다'는 표현이 이런 거구나 싶더군요.

아나운서이니만큼 계속 듣고 싶을 정도로 목소리와 발성이 편안한 건 물론이고, 쉬우면서 공감되는 표현으로 사람들에게 안부를 묻는 모습도 인상적이었어요. 연세 많은 어른들이 〈아침마당〉을 가리켜 왜 '이금희 방송'이라고 부르곤 했는지 그 이유를 실감했습니다. 이금희 아나운서의 말에 반한 후 그가 진행하는 음악회에 연달아 세 번을 더 갔죠. 음악회가 끝나고 돌아오는 길이면 그가 했던 말을 소리 내 따라 해보곤 했습니다. 말과 말 사이의 자연스러운 미소와 끄덕임, '그렇지요?' '그런가요?' '그러셨군요' 같이 상대의 호응을 부드럽게 끌어내는 끝맺음을 배우고 싶었거든요.

'저이처럼 말하고 싶다'는 생각이 드는 사람을 만난 게 오랜

만이라, 과거 말솜씨와 말 센스에 반해서 그 비결을 궁금해했던 어른들을 떠올려보았습니다. 선망의 시작은 유시민 작가였어요. 유시민 작가는 보건복지부 장관직을 마친 뒤 2008년 제가 다니던 대학에서 삼 학점짜리 교양수업인 〈생활과 경제〉 강의를 개설했습니다. 경쟁률이 너무나 치열한 나머지 수강 신청에 실패해 청강을 했죠. 처음 그의 수업을 들었을 때 준비한 대본을 외워서 하는 게 아닌가 의심했습니다.

보통 말이란 생략이 들어가기도 하고 어미가 흐려지기도 하고 어순이 틀리기도 하잖아요? 현장에서 즉시 생각나는 바를 말하다 보면 글처럼 논리적으로 매끄럽게 이어지기가 어려우니까요. 하지만 그의 말은 그대로 타이핑해서 읽더라도 크게 고칠 곳이 없는 상태처럼 들렸습니다. 논리는 탄탄했고 문장과 문장의 연결은 매끄러웠으며 모호하게 퉁치는 부분이나 설명 없이 건너뛰는 부분을 찾을 수가 없었죠.

강의뿐 아니라 어떤 자리에서든 마찬가지였습니다. 예를 들어, 한 방송 프로그램에서 한국 사회의 불평등에 대해 유시민 작가가 다른 패널들과 토론한 적이 있었습니다. 함께 출연한 교수가 이렇게 포문을 열었죠.

"어떻게 보면 지금 한국 사회는 돈이고, 권력이고…… 그것을 나쁘다고 하는 게 아니라 돈과 권력을 최고의 가치로 만든 사회적 구조와 그 바운더리 밖에 하나 더 큰 구조를 봐야 하는 게 아닌가.

제가 독일에 있을 때는 가난해도 부자인 사람들과 비슷한 삶의 수준을 가질 수 있었어요. 그런데 한국은 잘사는 사람들은 너무나 행복한…… 그 어느 나라보다 잘살아요. 정말 좋아요. 그런데 가진 게 없는 사회적 약자들에게는 너무 살기 힘들어요. 제도, 사회의 문제인 것 같아요." 이 말을 들은 유시민 작가는 곧바로 화답합니다.

"나는 모든 문제를 사회구조 탓으로 돌리는 데 동의 안 해요. '일체유심조', 불가에서 하는 얘긴데, 모든 것은 마음이 만들어내는 거다, 동의 안 해요. 사회 시스템이 잘못됐다고만 생각하면 내가 뭘 어떻게 하더라도 벗어나지를 못해요. 일체유심조를 믿어버리면 아무렇게나 해도 상관이 없어. 진실은 그 중간 어디에 있어. 우리가 서로를 덜 괴롭히는 방향으로 바꾸기 위한 노력도 해야 되고, 동시에 그건 굉장히 오래 걸리는 일이기 때문에 정신적인 해법을 강구해야 돼. 일체유심조를 반쯤 받아야 된다고 봐요."[5]

유시민 작가가 말하는 내용을 뭐든 타이핑해본 뒤 읽으면 알게 됩니다. 마치 글을 쓰듯 머릿속에서 퇴고를 거치고 말하는가 싶을 만큼 논리가 정연하다는 사실을요. 그러니 처음 그의 강의를 들었을 때 대본을 읽는 건가 의심할 수밖에 없었죠. 무엇보다 경제학 수업을 처음 들어보는 제 입장에서도 그의 말이 대부분 이해될 만큼 쉽게 풀어 설명해서 놀랐습니다.

그 비결에는 여러 가지가 있겠지만 첫번째는 역시 방대한 독서량 덕일 것이고, 두번째는 그가 여러 곳에서 강조했듯 사람들에게 쉽게 설명하겠다는 의지가 있기 때문일 것이고, 추측건대 세번째는 본질을 꿰뚫어보기 때문일 겁니다.

유시민 작가가 방송에 나와 토론하는 모습을 보면 상대가 어떤 의도로 그 말을 하는지를 빠르게 분석해서 답변을 내놓는다는 사실을 알 수 있습니다. 또한 진짜 이유를, 맥락을 찾아낸 뒤 자신이 이해한 바를 선명한 문장으로 표현해낸다는 점도 확인할 수 있습니다. 일례로 가상화폐 붐이 일었을 때 그는 비트코인을 집으로, 블록체인은 건축술에 비유해서 화제가 되기도 했죠.

어떤 주장을 펴고자 할 때 탄탄한 근거를 준비하는 건 물론이고 상대가 펼치는 논리의 의도도 간파해야 함을 그에게 배웠어요. 우선은 그처럼 짧게 말하는 연습을 했던 기억이 납니다. 글쓰기를 안내하는 책들을 보면 대부분 처음에는 단문을 쓰는 연습부터 하라고 하는데, 짧게 끝내는 연습은 말에서도 중요한 것 같아요.

김영하 작가의 경우엔 감탄의 포인트가 달랐습니다. 저는 고교 시절부터 그의 소설과 산문을 읽어왔습니다. 특히 『검은 꽃』을 읽으며 펑펑 울던 제주도에서의 한낮이 아직도 선명합니다. 언젠가 그가 티브이에 나와 하는 말을 듣고 어떻게 글도 잘 쓰면서 말도 잘

하나 신기했습니다. 비할 바는 못 되지만 저 역시 강의를 하러 가서 "작가인데 말을 잘하시네요" 같은 말을 종종 듣는 걸 보면 글쓰는 사람이 말을 잘하는 일이 당연하지는 않은 듯합니다. 그렇다면 김영하 작가의 말하기는 왜 매력적일까요? 왜 그의 화법은 위트가 있고 신선할까요?

김영하 작가는 반전의 대가입니다. 의도적으로 다소 삐딱하게 말하는 방식을 선호하며, 질문을 받으면 사람들이 하고 있을 법한 예측과 반대로 답한 뒤 본론을 시작하곤 합니다. 예술가의 중요한 작업 요건 중 하나인 '다르게 보기'가 그에게는 생활이 아닐까 싶어요.

예를 들어 '읽을 책'을 구입한다고 생각하는 우리와 달리, 그는 '구매한 책'을 읽는 거라고 설명합니다. 열심히 최선을 다해서 살아야 '성공한다'는 유의 숱한 메시지와는 달리, 열심히 최선을 다해서 살면 '큰일난다'고 하고요.

그는 상대의 질문을 받으면 그 말을 뒤집어 의외성에서 시작하는 말하기를 즐겨 하는데, 이 과정에 흥미를 위한 과장이 맛깔스럽게 섞입니다. '항상 매사에 최선을 다하기보다는 평소에 에너지를 좀 비축해놓는 게 좋죠'라고도 할 수 있는, 그랬다가는 뻔하디뻔해지는 말이 그를 거치면 '큰일난다'로 바뀌는 거죠. 대체 무슨 말을 하려고 하나, 들어보려는 이들의 관심도를 최대한 끌어올린 후 김영하 작가는 조곤조곤 부연합니다.

또다른 예를 보죠. 관광지에 굳이 낙서를 남기는 심리에 대한 이야기인데요. 대부분의 사람들은 '추억을 남기려고' 같은 이유를 떠올리는 데 비해 김영하 작가는 '불안정'이라는 단어를 꺼내 반전을 선사합니다. 삶의 많은 부분이 불안정하다보니, 바위나 비석 같은 '안정돼 보이는 곳'에 낙서를 남긴다는 설명인데요. 역시나 바라보는 관점이 얼마나 다른지 확인할 수 있는 대목이죠. 이처럼 우리가 흔히 짐작하거나 예측하기 어려운 반전의 힘이 청중의 집중력을 고도로 모아내는 겁니다.

자기만의 '큰바위얼굴'을 찾는 일

유시민 작가 같은 지적인 말하기에는 방대한 독서량이 필요하고, 김영하 작가 같은 반전의 말하기에는 창의력이 필요합니다. 비법을 안다 해도 따라 하기는 힘들죠. 오랫동안 수련을 거쳐 완성된 고수의 내공이니까요. 다만 그런 '큰바위얼굴'이 있으면 내가 어떤 식으로 말하고 싶은지 알게 되고, 지금 가장 필요한 연습법이 무엇인지 깨닫게 됩니다. 일상을 채우는 말들 중에서는 닮고 싶은 말을 찾기 어려울 때가 많습니다. 흥미로운 대화를 나눌 수 있는 사람을 만나기도, 스스로 그런 사람이 되기도 쉽지 않습니다. 바로 그 이유 때문에라도 적극적인 수집이 필요한 거죠.

유시민 작가를 선망하던 시기에는 논리적으로 말하고 싶었고, 김영하 작가를 부러워하던 시기에는 흥미롭게 말하고 싶었고, 이금희 아나운서의 영상을 자주 보는 요즘은 힘을 빼고 편안하고 부드럽게 말하고 싶다는 생각을 합니다. 닮고픈 선생의 책을 읽는 것도 좋지만 영상을 틀어놓고 자주 보고 들으면 특히 도움이 되는 것 같아요. 외국어를 공부할 때 드라마를 반복 시청하면 말할 때 나도 모르게 주인공 특유의 어투와 리듬이 튀어나오듯이 모국어도 그렇거든요. 간절할수록 미세하게나마 조금씩 닮게 될 겁니다.

칼럼니스트 데이비드 브룩스는 인간이 AI 보다 우위를 점할 수 있는 가치를 정리해 2023년 2월 뉴욕타임스에 기고했는데요. 거기에는 이런 특성이 적혀 있었습니다. "뚜렷한 개성을 지닌 개인의 목소리, 프레젠테이션하는 기술, 어린아이 같은 창의력, 특이한 세계관, 공감, 상황 인지……"[6]

개성 있거나 창조적이거나 독특한 세계관이 느껴지거나 공감하는 말하기는 아무리 시대가 변해도 살아남을 겁니다. 아니 어쩌면 지금보다 훨씬 더 중요한 기술로 여겨지게 될지도 모르겠습니다. 진심을 담아 고유의 목소리를 전달해서 공감을 얻어내는 능력이란 인간적 가치를 더욱 강화할 수 있는 핵심 자질이니까요. 그야말로 대체하기 힘든 인간다움이니까요.

세상의 평가에

덜 휘둘리는 법

한 기업에 커뮤니케이션 강의를 하러 갔다가 이런 질문을 받았어요.

"회사에서 일은 잘하지만 인성이 나쁜 상사, 일은 못하지만 인성은 좋은 상사, 둘 중 한 명을 택해야 한다면 어떻게 하실 건가요?"

저는 머뭇거리다 이렇게 답했습니다.

"너무 어려운 질문이네요. 후배였다면 인성 좋은 사람으로 할겁니다. 태도만 좋다면 일은 제가 가르쳐주면 되니까요. 그런데 상사라면 인성이 나쁘더라도 일 잘하는 사람으로 하겠습니다. 회사는 결국 결과로 평가받는 곳인데, 끝이 좋다면 당시에는 힘들었더라도 후에 돌이켜보고 그럴 가치가 있었다고 재해석할 수 있거든요."

가끔 어떤 대답은 이후로도 오랫동안 들러붙어 스스로에게 묻게 합니다. '굳이 그렇게 말해야 했나? 설사 그리 생각한다 해도 공식적인 장소에서 그대로 말할 필요가 있었나? 그렇게 끝내버리지 말고 그럼에도 세상에는 과정이 더 중요한 경우도 많다는 이야기를 덧붙이면 좋았을 텐데.' 저는 미진했다고 생각되는 답을 한 후엔 늘 오답 노트를 작성하는 심정으로 대본을 써봅니다. 물론 쉽진 않아요. 했던 말이 마음에 안 들긴 하지만 나를 속이지 않으면서도 좀더 나은 버전으로 고쳐보려니 딱히 마땅한 답이 떠오르지 않는 경우가 많습니다.

흔히들 결과보다 과정이 더 중요하다고 합니다. 여정 자체가 곧 선물이라고도 합니다. 그러나 현실적으로 이 말은 타인을 다독이는 위로로 쓰일 때가 대부분입니다. 실패한 이의 변명이나 자기 위안 정도로 느껴질 때도 많고요. '그럴 의도가 아니었더라도 결과가 좋으니 잘된 거지'라고 할 수는 있지만 반대는 성립하지 않습니다. 왜 그렇게까지 결과가 중요하냐 하면, 우리가 현재를 겪을 때는 사는 데 급급해서 지금의 과정이 어떤 의미인지 제대로 알기 어렵거든요. 시간이 흐른 뒤 추억하면서 기억의 방향을 수정하고 편집하지요. 끝이 좋으면 각고의 고생들이 겪고 지나가야 했던 성장통 같은 거였다고 긍정적으로 평가하기 쉽습니다.

앞의 강의 때 질문에 대한 좋은 팁이 금저럼 떠오르시 않아서 일단은 덮어두고 있던 어느 날, 신문을 보다가 장강명 소설가의 칼럼을 발견했습니다. '흥미로운 중년이 되기 위하여'라는 제목의 글이었는데 '책을 읽지 않은 사람은 나이들수록 콘텐츠 부재가 탄로나기 마련이니 운동으로 근육을 만들듯 꾸준히 독서를 해야 한다'는 주장이 담겨 있었습니다. 소설가로서 사람을 예리하게 보게 되었다는 식으로 흥미롭게 도입부를 열고는 대화할 때 지루한 사람들의 특징을 세세히 분석한 글이었는데요. 무엇보다 청년이 아닌 중년을 대상으로 설정했다는 점이 참신해 자기계발의 욕구가 있는 중년이라면 자극을 받을 법했습니다. 저는 그 부분을 가위로 오려내 남편 책상에 올려두었습니다. 다음날 남편이 읽어봤다면서 감탄하더군요.

"작가들은 참 대단해. 책 좀 읽으라는 그 한마디를 그렇게 길게 늘여 쓸 수 있다니."

저는 대답했습니다.

"그래. 맞아. 글이란 게 원래 결론이 별로 중요하지 않아. 이 이야기를 왜 하느냐, 어떻게 하느냐가 훨씬 더 중요하지."

가끔 어떤 경우에는 찾아다니던 답을 본인이 무심코 한 말에서 찾을 때가 있습니다. 저 역시 남편의 말에 답을 하고서 느꼈습니다. '아, 맞아. 결과보다 과정이 훨씬 중요한 거라면 글쓰기가 대표적이지. 그게 바로 내가 글쓰기를 좋아했던 이유지.'

글쓰기야말로 과정이 결과(결론)보다 훨씬 중요한 대표적인 사례입니다. 무조건 참신한 결론으로 나아가기 위해서 글을 쓰는 것이 아니니까요. 세상에 없던 이야기를 쓰는 게 중요한 것이 아니라, 경험과 개성을 살려 나만이 할 수 있는 이야기를 쓰는 것이 중요합니다. 이를 위해서 작가들은 문장을 다듬고 에피소드를 늘리고 자르고 붙이기를 반복하는 거죠. 많은 작가들이 무엇에 대해 쓸지 결정하는 데는 상대적으로 짧은 시간을 투자하지만, 선택한 주제에 대해 어떤 식으로 이야기를 풀어나갈지 결정하는 데는 오랜 시간을 쏟습니다.

'무례함'을 '다정함'으로 바꾸는 작은 차이

글쓰기뿐 아니라 말하기도 '어떻게'가 핵심입니다. 미국의 심리학자 앨버트 머레이비언 교수는 언어보다 비언어적 요소가 훨씬 중요하다고 했습니다. 의사소통의 93퍼센트는 말의 내용이 아니라 비언어적 형태를 통해 전달되고, 그중 38퍼센트는 음조나 억양 등의 청각적 요소, 55퍼센트는 표정이나 자세 등 시각적 요소로 이루어진다고 합니다. 실제로 내용 자체보다 그 말을 어떤 식으로 하는지에 따라 우리는 설득되기도 하고 그렇지 않기도 합니다.

이슬아 작가의 『끝내주는 인생』을 읽는데, 이런 표현이 나오더군요. 강연장에서 할머니 독자에게 이런 질문을 받았다고 합니다.

"작가님이 결혼을 할까? 아이를 낳을까? 엄마가 될까? 그런 게 너무 궁금해요, 나는."

이 말에 청중이 웃었지요. 요즘은 실례라고 생각해서 잘 하지 않는 질문이니까요. 우리는 보통 이런 유의 이야기를 들으면 무례한 말이라고 치부해버리곤 합니다. 그런데 할머니는 다정한 사랑의 언어로 말하면서 상대가 잊을 수 없는 표현으로 바꿔버립니다.

"작가님이 꼭 결혼하면 좋겠어요. 애도 낳고요. 그럼 또 얼마나 삶이 달라지겠어요? 그럼 또 얼마나 이야기가 생겨나겠어요? 나는요, 계속 달라지는 작가님 이야기를 오래오래 듣고 싶어요."[7]

저 또한 아이 없이 결혼생활을 삼 년간 했을 때, 출산을 장려하는 이야기를 왕왕 들었습니다. 그때 제 귀에 꽂히지 않고 흘러간 말들, 심지어 때로는 반박하고 싶어지는 말은 대략 이런 것들이었어요.

"결국 나중에 부부를 이어주는 건 아이밖에 없더라."

"일단 낳아놓으면 아이는 알아서 큰다. 다 자기 밥그릇을 가지고 태어나는 거야."

"엄마한테 딸은 하나 있어야지."

"젊을 때 빨리 낳아. 늦어지면 낳고 싶어도 못 낳는다."

오히려 아이를 낳지 않겠다는 결심만 공고히 해줄 뿐이었지요. 똑같이 엄마가 되라는 소리임에도 제 마음에 살포시 내려앉은 말은 이러했습니다.

"내 인생을 돌이켜보면 아이 키울 때가 제일 행복했어. 아이를 키우면서 다시 한번 살아보는 것 같기도 해. 그걸 너도 꼭 느껴보면 좋겠다."

"엄마라는 새로운 세계에 들어가서 관점이 바뀌고 처음 해보는 경험이 많아지면 또다른 이야기가 쌓일 거야. 작가로서도 그게 도움이 될 거야."

"좋은 엄마가 될 수 없을 것 같아서 아이를 안 낳을 거라고 했었지? 내가 보기에 너는 정말 좋은 사람이야. 그렇다면 좋은 엄마도 될 수 있어. 다른 건 몰라도 그런 이유라면 고민 안 했으면 해."

이십대에 이런 농담을 들은 적 있습니다.

"홍상수의 모든 영화는 한마디로 요약할 수 있지. 지방에 가서 술 마시고 여자를 만난다."

어릴 때는 그런 식의 단순한 호쾌함이 멋있어 보였습니다. 이제는 그렇게 생각하지 않아요. 홍상수를 좋아하는 많은 사람들은 그에게 완전히 다른 버전을 기대하기보다 그의 시선을 더 좋아하는 것일 테니까요. 한마디로는 표현될 수 없는 것들이 세상엔 참 많습니다. 요약해서 말해달라고, 결론이 뭐냐고 묻는 사람은 배움으로 도약하지 못합니다. 앎은 정답을 빨리 아는 데 있지 않고 풀이 과정에 몰입하는 데 있으니까요.

현실적으로는 인생에서 과정보다 결과가 중요한 경우가 많지만 최소한 말과 글에서는 결과(결론)보다 과정이 훨씬 중요합니다. 스토리 자체보다 '스토리텔링 storytelling' 기법이 중요해요. 이야기를 어떻게 풀어내느냐에 따라 흥미로운 소재가 지루해지기도 하고 그 반대의 경우도 가능하니까요. 결과보다 과정이 더 중요한 영역이 분명히 있다는 사실을 아는 사람은 헤맬지언정 후회하지 않습니다. 그 힘으로 자기의 속도와 온도를 지키며 갑니다. 글과 말을 연마하면 과정을 믿을 수밖에 없고, 자기의 과정을 믿을 수 있으면 세상의 평가에 덜 휘둘릴 수 있습니다.

당신의 '소변 주머니'는
무엇인가요?

"너는 만약에 다른 사람과 인생을 바꿀 수 있다면 바꿀 거야?"

사회 초년생 시절, 술자리에서 이런 질문을 받았습니다. 저는 십 초도 고민 않고 아니라 말했고, 질문을 한 선배는 예상 못한 대답이라는 듯 저를 물끄러미 바라보았습니다. 잠시 후 불콰해진 얼굴로 애써 씁쓸함을 숨기지 않으면서 이렇게 말했죠.

"넌 네 인생이 마음에 드나보다. 난 요즘 그런 생각 자주 하거든. 다른 사람들 보면 너무 부러워서 미치겠다. 누가 나랑 좀 바꿔주면 좋겠어."

선배와 친분이 깊었냐면, 선배가 취하시 않았냐면, 꾓도 없어

보이는 제가 그렇게 답한 이유를 설명해줄 수 있었을 텐데 아쉬웠습니다. 그때는 그저 선배가 요즘 많이 힘든가봐요, 하고 위로하고 말았죠. 하지만 속으로는 그에게 꼭 해주고 싶은 말이 있었습니다.

나도 내 인생이 딱히 마음에 들지 않는다고. 사소한 것에도 감사하는 습관을 가졌다거나 매사 긍정적이어서 다른 사람의 인생을 기웃거리지 않는 게 아니라고. 그렇게 답한 이유는 다만 에세이를 꾸준히 읽고 썼기 때문일 거라고요.

자전적 에세이를 쓰는 과정을 안내하는 책 『내 삶의 이야기를 쓰는 법』을 읽다 그날 제가 하려다 만 말이 다시 떠올랐습니다. 이 책의 저자는 하버드대학교와 컬럼비아대학교에서 글쓰기 워크숍을 진행하는 낸시 슬로님 애러니인데요. 그의 아들 댄은 생후 구 개월에 당뇨병 진단을 받았고, 스물두 살에 다발성경화증 진단을 받았습니다. 댄이 아직은 걸어다닐 수 있을 때부터 작가는 아픈 아들의 모습을 영상으로 남기기 시작합니다. 댄이 심장 수술을 받고 집으로 돌아온 날, 아들의 여자친구 세라가 그를 침대로 옮기다가 말했죠.

"아, 어떡해! 소변 주머니가! 휠체어에 걸렸어요!"

작가는 이 모든 과정을 카메라에 담습니다. 얼마 후, 강연 요청을 받은 작가는 댄과 함께 무대에 올라 이날의 영상을 공개하겠다는 결심을 하게 됩니다. 사투를 벌이면서 살아나가는 댄의 삶을 통해 사람들이 생의 의미를 깨닫게 하고, 아들에게도 용기를 주고 싶었기 때문이죠. 아들도 엄마의 의견에 동의했습니다. 자신이 촬영한 원본 영상을 이십 분 분량으로 편집해줄 전문가를 찾은 작가는 편집본을 받아보고서 "아, 어떡해! 소변 주머니가! 휠체어에 걸렸어요!"라고 말하는 장면이 사라진 이유를 묻습니다. 그러자 영상 편집자는 말했죠.

"댄이 창피하게 생각할 것 같았고, 또 그걸 보는 사람들도 불편할 것 같아서요."

낸시 슬로님 애러니는 강조합니다. 그날 이후 글쓰기 수업에서 이 에피소드를 이야기할 때 꼭 다음과 같이 말한다고요.

"소변 주머니가 바로 이야기예요! 소변 주머니를 잘라내지 마세요!"[8]

여기서 '소변 주머니'는 저마다의 실패담이거나 과오이고, 또는 결함이고, 콤플렉스거나 트라우마일 겁니다. 작가가 쓰는 이야기의 핵심이 바로 여기 있습니다. 숨기고 싶지만 숨겨지지 않는 일에 대해서, 한때는 다른 사람에게 들킬까봐 허겁지겁 덮어두고 불안에 떨었던 일에 대해서, 스스로 덮개를 밀어버린 작가는 그 일이 자기를 어떻게 변화시켰는지에 대해 씁니다. 그리고 좋은 에세이에는 이 같은 고백이 반드시 들어 있기 마련입니다. 부끄러운 고백이 담기지 않은 글을 독자들은 좋아할지언정 사랑하진 않습니다. 자랑과 성공만 있는 에세이를 누가 읽고 싶어하겠어요? 그런 건 주변에서, 또는 인스타그램에서 훔쳐보는 걸로도 충분한데 말이죠.

나도 내 인생이 마음에 드는 건 아니지만

소설을 읽는 일은 내가 경험하지 못한 삶에 대해 감정이입을 해보거나 상상력을 발휘하면서, 알고 있다고 감각하는 세계를 미세하게 넓혀나가는 과정입니다. 사회과학서나 경제경영서를 통해서는 각종 이론과 데이터와 사례를 접하며 지식의 그릇과 논리력을 키울 수 있고요. 에세이는 소설처럼 상상력의 세계에 있는 글도 아니고 무언가를 강력하게 주장하거나 정보를 주는 글도 아닙니다. 에세이는 다만 저자 한 사람이 어떤 과정을 거쳐 지금의 그가 되었는지에 집중하는 글입니다. 바로 그것이 에세이만의 매력이지요.

어릴 때부터 저는 사람들의 마음이 무척 궁금했습니다. 책에 심취했던 이유 중 하나도 그것이었어요. 왜 저 사람은 저렇게 생각하고 행동하는지, 소위 성공한 사람들은 나와 무엇이 그토록 다른지가 궁금했습니다. 어떤 선택이 그 사람과 내가 서 있는 곳을 가르는 계기가 되는지 알고 싶었습니다. 타인의 인생이 너무나 궁금해서 영양제를 챙겨 먹듯 꼬박꼬박 책을 읽으면서 깨달았습니다. 성공만 했을 것 같은 회장님도, 카메라 밖에서도 주인공으로 살 것 같은 연예인도, 불세출의 천재라는 평가를 받는 작가도, 하다못해 사랑받은 티가 나서 부러워했던 친구도 모두 상상조차 못한 어둠이나 실패와 불안이 특정한 비율로 그들 삶에 자리한다는 사실을요. 책이 아닌 다른 매개로는 알아낼 수 없는 정보였습니다.

책마다 반드시 들어가 있는 사람들의 소변 주머니를 확인하면서 저는 그 어떤 이의 눈부심도 보이는 대로만 보지 않게 되었습니다. 누군가 잘되고 있다는 말을 들으면 그 성취 뒤에 얼마나 많은 좌절과 고생이 있었을까 싶고, 외모가 아름다운 사람을 보면 그로 인해 가졌을 기회도 물론 있겠지만 다른 한편으로 그가 겪었을 오해 같은 것이 그려지는 듯합니다. 이 말이 누군가에게는 여우의 신 포도처럼 들릴 수도 있으리라 생각합니다. 정신 승리처럼 들릴지도 모르죠. 하지만 저는 숱한 에세이를 읽으며 까마득해 보이는 사람일수록 한 발 잘못 디디는 순간 낭떠러지로 떨어질지도 모를 아슬아슬함을 안고 산다는 걸 끝내 인정하게 되었습니다. 그래서 딱히 다른 누구와도 제 인생을 바꾸고 싶지 않은 거예요.

제가 진행하는 에세이 워크숍에서 '국민 엄마'로 불리는 배우 김혜자 씨의 인터뷰 영상을 보여준 적이 있습니다. 김혜자 씨는 자기 인생에 대해 인터뷰를 할 때 이런 정보를 주로 말합니다. "아버지가 재무부 장관이셔서 마당의 대지만 해도 구백 평인 집에서 자랐고, 남편은 자상한 사람이어서 배우생활을 이해해주었기에 집안일을 하지 않아도 되었으며, 광고 모델로도 왕성히 활동했고, 극중에서 맡게 되는 역할이 주인공이 아니면 대부분 거절한다"는 것이죠. 이 내용만 보면 세상에 이렇게 좋은 팔자가 있다니 싶습니다. 인터뷰 영상에 '복 많은 사람'이라는 댓글도 여럿 달려 있죠. 워크숍에서도 영상을 본 뒤 감상을 나누면 "저런 여유가 있기에 고령에도 순수함을 유지할 수 있는 것 같다" "나와 전혀 다른 세계의 사람 같아서 공감이 되지 않는다" 같은 평이 주를 이룹니다.

인터뷰 영상 시청 후 저는 한 여성의 에세이를 이어서 읽어줍니다. 이 여성에게는 언니 두 명, 남동생 한 명이 있었습니다. 어느 날 아버지가 밖에서 낳은 아들을 데리고 들어옵니다. 온 집안이 수군수군하며 뒤집힙니다. 전까지 집안의 유일한 아들이던 동생은 그 충격으로 정신착란 증세를 보입니다. 그 여성 또한 이 일을 계기로 마음속에 커다란 비밀과 부끄러움이 자라납니다. 우울 증세가 커져 약국을 돌아다니며 수면제를 모으기도 했습니다. 한편 방황하던 동생은 마음을 추슬러 대학을 졸업하고 결혼도 하는가 싶었는데, 신혼여행을 다녀온 직후 "연극은 끝났다"라는 말을 남기고 한강에 투신해버립니다. 에세이에는 모래가 잔뜩 묻은 동생의 시체를 울며 닦던 그날의 묘사가 아프게 그려져 있습니다. 젊은 날 이름을 날렸던 아버지는 국회의원 선거에서 잇따라 낙선하고 결국 철거를 앞둔 여섯 평짜리 판잣집에서 생을 마감하게 되지요.

김혜자 씨가 2022년 출간한 『생에 감사해』에 수록된 일화인데, 이 내용이 담긴 에세이를 읽어준 뒤 책의 저자가 바로 앞에서 인터뷰 영상으로 만났던 배우 김혜자 씨라고 말하면 다들 화들짝 놀랍니다. 에세이를 읽고 이 배우에 대한 생각이 어떻게 바뀌었냐고 물어보면 워크숍 참가자들은 급격히 톤을 바꾸어 말합니다.

"어쩐지 눈이 참 슬퍼 보인다고 생각했어요."

또한 에세이 워크숍 두번째 시간쯤 되면 저는 수강생들에게 최근 한 달간 가장 많이 든 생각이나 감정을 적어보라고 합니다. 그러면 대부분 외로움, 불안함, 답답함, 우울함 같은 단어들을 써옵니다. 그후 다른 사람들도 대부분 비슷한 감정을 써온 걸 보면 깜짝 놀라면서 다들 전혀 그렇게 보이지 않는다고 말하죠.

저는 바로 이 격차가 여러분이 에세이를 계속 읽고 써야 하는 이유라고 설명합니다. 다른 사람들에게도 예외 없이 소변 주머니가 달려 있음을 확인하면, 이 두려움이 나에게만 찾아오는 게 아님을 알게 된다고요. 그러면 조금 더 솔직해도 되겠다는 용기가 생겨나고, 용기를 낸 자신과 대면하다보면 타인을 덜 부러워하게 되며 자기혐오의 밤이 줄어든다고 말이죠. 매일 꺼내 보던 소변 주머니를 일주일에 한 번 들여다보게 되고, 나중에는 한 달에 한 번, 일 년에 한 번 의식하게 되는 식으로 주기가 길어질 수 있고요. 어느 순간에는 성가신 짐덩어리도 나름 감당할 만해 보일 때가 온답니다. 지금 당장은 아니어도 꽤 가까운 시일 내 언젠가는 말이죠.

부드럽고 단단한 인생을 위한
추천 도서

· ·

『미래에서 온 편지』

현경 지음, 곽선영 그림, 열림원, 2013

어떤 고통도 반짝이게 만들 수 있다고, 한을 제대로 다스릴 수 있으면 자신뿐 아니라 다른 사람까지 구할 수 있다고 현경 교수는 꾸준히 말해왔습니다. 결핍이 힘이 될 수 있음을 알려준 나의 아름답고 강인한 스승님. 이십대일 때 '내 안의 여신을 깨우는 법'이라는 개념을 처음 접하고 일단 나에게 잘해줘야겠다고 마음먹던 어색한 다짐을 기억합니다. 『결국은 아름다움이 우리를 구원할 거야』 『연약함의 힘』도 헤매는 젊은 여성들에게 추천하는 책입니다.

『단순한 진심』

조해진 지음, 민음사, 2019

'왜 살아야 하는가'라는 답 없는 질문을 오래 붙잡은 적이 있었습니다. '태어나지 않는 게 훨씬 좋았을 텐데' 같은 원망을 놓지 못하던 때가 있었지요. 해외 입양아인 나나가 임신한 상태로 한국으로 온 뒤 과거의 오해와 상처를 조금씩 바로잡아가는 모습을 보자 눈물이 줄줄 흘렀습니다. 책을 덮고 나서는 한참 잊고 있던 단어 '진심'과 '삶의 의미'를 소리 내어 발음해보았지요.

『배움의 발견』

타라 웨스트오버 지음, 김희정 옮김, 열린책들, 2020

세상의 종말이 임박했다고 믿는 아버지는 공교육을 불신해 자녀들을 학교에 보내지 않았습니다. 그로 인해 타라는 교육을 받을 수 없었고, 학대를 받고도 도움을 청할 수 없었죠. 열여섯 살이 될 때까지 학교에 가지 못했던 타라가 마침내 케임브리지대학교에서 박사학위를 받는 과정을 그린 이 자서전은 한 여성이 자아를 찾아가는 투쟁의 역사이기도 합니다.

『태어난 게 범죄』

트레버 노아 지음, 김준수 옮김, 부키, 2020

'웃프다'는 표현이 있습니다. 웃긴데 슬프다는 뜻의 이 말은 우리 인생에도 상당 부분 적용되는 것 같아요. 웃픈 책을 딱 하나만 꼽아야 한다면 이 책이 아닐까 싶은데요. 저자인 인기 스탠드업 코미디언 트레버 노아는 탄생부터 불법이었던 자기의 인생을 필사적으로 서늘하게 응시하면서 춤추듯이 싸웁니다. 마치 어머니가 자주 했다는 이 말처럼요. "과거로부터 배우고 과거보다 나아져야 해. 고통이 너를 단련하게 만들되, 마음에 담아두지 마. 비통해하지 마라."[9]

『색채가 없는 다자키 쓰쿠루와 그가 순례를 떠난 해』

무라카미 하루키 지음, 양억관 옮김, 민음사, 2013

새로운 책을 읽기만도 바쁘기에 같은 책을 세 번 이상 보는 경우는 흔치 않습니다. 그런데 이 책은 열 번쯤 읽었습니다. 철도 회사에서 근무하는 주인공은 대학 시절 친하게 지내던 친구들에게 갑자기 절교를 당합니다. 시간이 한참 흐른 뒤 그 이유를 파헤치는 과정에서 주인공이 알게 된 비밀이 드러나는 이 소설의 핵심은 기차를 맞이하기 위해 역을 수리하는 일과 유사합니다. 중요한 의미나 목적이 있다면 약간의 잘못으로 전부 망가지거나 허공으로 사라져버리지 않는다는 것. 잘못된 부분이 있으면 고치면 된다는 것.

『당신의 자리는 어디입니까』

벨 훅스 지음, 이경아 옮김, 문학동네, 2023

"좁은 공간에서 식구들과 복닥거리며 산 사람은 소유권과 사생활에 대한 개념이 언제나 자신만의 공간이 있었던 사람과 상당히 다르다"[10]는 문장으로 시작하는 『벨 훅스, 계급에 대해 말하지 않기』를 처음 다 읽었을 때 품에 꼭 안고 한참을 멈춰 있었습니다. 가난했던 흑인 여성 지식인이 지나온 자리를 깊이 통찰해낸 이 책은 한때 절판되었다가 '당신의 자리는 어디입니까'라는 제목으로 문학동네에서 재출간되었습니다. 현실이 괴로울수록 괴로움의 맥락을 공부해야 합니다. 알면 덜 무서울 수 있으니까요.

| 2 |

공감은 영업인처럼, 설득은 과학자처럼

사람의 마음을 얻는 법

'눈은 크게, 귀는 얇게',
영업인 마인드의 힘

저는 판매왕이었습니다. 두 달간 와인을 수백 병 팔았는데, 아르바이트생이 그만한 판매 기록을 세운 전례가 없다고 칭찬을 받은 기억이 납니다. 2007년 여름, 저는 대학에 다니면서 스테이크 전문 레스토랑에서 서빙 아르바이트를 했습니다. 그곳은 당시에 대기업들이 경쟁하듯 시장을 키우던 패밀리 레스토랑 중 하나였는데, 연인이나 가족이 기념일에 축하하려고 방문하던 핫 플레이스였지요.

대학 구내식당에서는 삼천 원이면 밥을 먹을 수 있고 제가 받던 최저시급은 육천 원이던 시절, 그 레스토랑에서 가장 저렴한 메뉴의 가격은 이만사천 원이었습니다. 그러나 이곳은 당시 물가 기준으로 4인 가족이 밥 한 끼에 십만 원 정도는 일상적으로 쓸 수 있는 부유한 사람들을 타깃으로 한 곳은 아니었어요. 서민들이 무리해서 하루쯤은 약간의 호사를 누리고 싶은 날, 대리만족을 느낄 만큼의 그럴싸한 맛과 분위기를 제공하는 게 목표인 식당이었습니다.

대부분의 손님은 축하할 일이 있을 때 이곳에 왔습니다. 가장 좋은 옷을 차려입고 할인받을 수 있는 통신사 카드를 소중하게 지갑에 챙겨온 사람들이 대다수였지요. 그들이 파리바게뜨나 뚜레쥬르의 케이크를 테이블에 올리고 자리에 앉으면, 아르바이트생들은 장난감 악기를 흔들면서 큰 소리로 축하 노래를 불러주고, 즉석카메라로 사진을 찍어 선물해주었습니다. 여담이지만 모카케이크 같은 버터크림 종류는 유독 미끈거려서 알코올 소독제를 뿌려 여러 번 박박 닦아야만 가까스로 얼룩을 지울 수 있었던 기억이 납니다.

손님으로서의 경험이 있어야 더 좋은 서비스를 제공할 수 있다는 본사 방침에 따라 아르바이트생에게도 두 달에 한 장씩 이용권이 나왔습니다. 그걸 쓰는 날이면 전날부터 굶고 있다 두 시간을 꽉 채워 식사를 했습니다. 그때 훈제 연어를 처음 먹어봤고, 냉동 식재료와 냉장 식재료의 맛이 다르다는 사실도 알게 되었지요. 소고기 안심과 등심과 채끝과 립아이의 차이를 알았고 레어, 미디엄레어, 미디엄, 미디엄웰던, 웰던 중에서 굽기의 정도를 선택할 수 있다는 것도 알았어요.

유독 제가 가난하고 검소했던 편이라서가 아니라 그땐 거기 오는 사람들 대부분이 그랬습니다. 스타벅스에서 커피를 마시는 사람에게 허영에 빠졌다고 비난하거나 된장녀라는 멸칭을 붙이던 시절이었으니까요. 쓰면서도 낯선 기분이 듭니다. 겨우 십오 년 정도가 흘렀을 뿐인데 왜 삼십 년도 넘은 오랜 과거를 외로이 증언하는 기분이 들까요. 나이를 먹는다는 건 그 일이 진짜로 있었던 게 맞나 의심하고 의아해하면서 이상하고 기이한 시차를 체감하는 일이기도 한 것 같습니다.

요즘 치킨 프랜차이즈에서 객단가를 올리기 위해 치즈볼 같은 기발한 사이드 메뉴를 꾸준히 개발하듯이, 당시 레스토랑 본사는 수익성을 높여야 하니 스테이크에 와인을 곁들이게 하라고 강조했습니다. 샐러드바에 탄산음료가 포함되어 있었기에 대다수 손님들은 음료를 추가로 주문하지 않았거든요. 『신의 물방울』이라는 와인 관련 만화가 크게 인기를 얻으며 와인을 즐기는 게 고급한 문화로 퍼져나가기 시작하던 때라 본사 입장에서는 적극적인 와인 프로모션이 브랜드 이미지에도 도움이 된다고 판단했던 듯합니다. 하지만 일 년에 한 번 올까 말까 한, 큰맘 먹고 찾은 곳에서도 가장 저렴한 메뉴가 무엇인지부터 눈으로 훑는 손님들에게 한 잔에 육천 원짜리 와인을 제안하는 건 난이도가 높은 일이었습니다. 저 또한 그 전까지 와인을 마셔본 일이 없었습니다.

기대보다 와인 판매율이 저조하자 회사에서는 달착지근하고

도수가 낮아서 대중적으로 즐길 수 있는 로제 와인 메이커 하나를 정해서 지점별 할당량을 주었습니다. 전국 지점의 와인 판매율을 매주 공개해서 점장들이 수치에 신경쓰지 않을 수 없도록 했고, 가장 많이 판 사람을 뽑아 오십만 원의 상금과 레스토랑 무료 이용권 네 장을 지급하겠다는 약속도 했죠. 어려운 미션에 비해 대기업 대감댁이 내놓은 보상치곤 야박한 인심이라고 아르바이트생들끼리 수군댔어요. '겨우 그 정도에 넘어가는 사람이 있겠어?' 하고요.

가볍고 쉬운 걸로 치면 저는 나무젓가락 수준입니다. 상금도 부상도 모두 탐이 났죠. 판매왕에 올라 추후 이 그룹사에 이력서를 쓸 때 가산점을 받겠다는 종류의 대단한 야심은 아니었어요. 그저 상금과 이용권이 갖고 싶었습니다.

먼저 매장에서 시음하게 해준 베린저화이트진판델 와인을 한 잔 마셔보았습니다. 연한 분홍빛을 띠는 이 로제 와인은 와인을 처음 마셔보는 누구라도 산뜻하게 맛있다고 느낄 정도의 적당한 당도를 가지고 있었어요. 짙은 보라색 포도 주스의 맛을 상상했는데 실제로는 전혀 달랐습니다. 딸기향이 맴도는 사이다 같기도 했고, 연한 소주에 복분자액을 몇 방울 떨어트린 것 같기도 했어요. 와인 전문가라면 음료수 수준이라고 시시하게 느끼겠지만 입문자라면 와인에 대해 기분좋은 첫인상을 가질 법한 맛과 향이었습니다.

다음으로 『신의 물방울』을 보면서 '드라이하다'느니, '다크한 오크향이 난다'느니, '디캔팅을 하면 풍미가 깊어진다'느니 하는 표현들을 익혔습니다.『미스터 초밥왕』이나〈요리왕 비룡〉을 처음 접했을 때와 마찬가지로 작가의 방대한 지식에 놀라는 한편, 과장된 표현이 많아 킥킥대기도 했습니다. 문외한이 보기에 특정 분야를 깊이 좋아하는 사람들은 '꼭 저렇게까지 해야 하나' 싶게 분야를 세밀하게 나누고, 사소한 것에도 집착하는 듯이 여겨지기 마련이잖아요.

와인의 역사와 종류에 관한 책들도 읽었지만 정보와 지식의 습득에 그쳤을 뿐 손님들에게 뭐라고 말해야 할지는 여전히 알 수 없었습니다. 파는 법을 배울 수 있을까 싶어 도서관에 가 영업인이 쓴 자서전이나 판매 전략에 관한 책을 찾아봤습니다. 모르는 분야니까 뭐부터 읽어야 할지 감조차 오지 않아서 그냥 세일즈 분류에 꽂혀 있는 책들을 순서대로 하나하나 읽어갔어요. 처음 접하게 된 영업 관련 책들은 타인의 마음을 얻는 데 성공한 예시를 극적으로 스토리텔링해 묶은 것처럼 보였습니다. 나와 생각이 다른 사람을 설득하는 과정에 관해 기술하는 화법서나 심리학이 결합된 자기계발서처럼 느껴지기도 했죠.

책에서 익힌 핵심은 대략 이런 것들이었습니다.

제일 먼저 상대가 지금 어떤 상황일지를 상상해봐야 한다는 것. 그 입장에 맞춰서 친근한 사례로 서두를 꺼내고 상대가 특별한 대우를 받는 기분이 들게 하라는 것. 또한 판매하려는 상품에 대해서 본인은 깊이 알고 있되, 누구든지 이해할 수 있는 쉬운 말로 설명해야 한다는 것. 무엇보다 가장 중요한 것은, 거절을 당하더라도 나의 제안이 거절당한 것이지 나라는 사람이 거절당한 건 아님을 알고 다시 시작할 수 있는 맷집임을 배웠습니다.

손님을 유심히 보기 시작했습니다. 예컨대 남녀가 둘이 왔다면 생일이나 연애 관련 기념일, 또는 소개팅으로 오는 경우가 대부분이었어요. 자세히 살피면 표정과 제스처, 신체 접촉의 정도로 사귄 지 얼마쯤 되었는지 짐작이 갔습니다. 연애 기간이 짧아 보이는 커플에게는 여성들이 특히 좋아하는 와인임을 강조했고, 편안해 보이는 커플에게는 와인을 곁들인 식사가 특별한 경험이 될 거라는 방향으로 권하면 승률이 높았지요.

가족 모임으로 온 사람들에게는 기쁜 날이니만큼 기념사진을 여러 장 선물하겠다고 하거나, 샐러드바에서 연어로 케이크 모양 롤을 만들어 가져다주면서 당분간 할인 가격으로 이 와인을 판매하고 있다고 강조하면 병 단위로 주문하는 경우가 많았습니다. 당시에는 와인 자체가 대중적으로 익숙하지 않았기에 '로제 와인' '스위트 와인'이라는 표현 대신 '보석처럼 반짝반짝 빛나는 분홍빛 와인' '달콤한 여운이 오래 맴도는 와인'이라고 풀어 설명하기도 했습니다. 그런 식으로 소믈리에가 된 듯 몇 달을 살았더니 목표한 수치를 넘길 수 있었어요.

'머글'과 '덕후' 사이

한동안 그때를 잊고 지냈습니다. 당시 저는 글쓰는 직업이 갖고 싶었습니다. 대학 졸업 전부터 여러 방송국과 신문사에 지원했다가 떨어졌고, 가까스로 서울에 있는 잡지사에 합격할 수 있었어요. 처음에는 지방을 떠나 서울에 왔다는 자체만으로도 벅찼습니다. 홍대나 대학로나 가로수길처럼 잡지에서 보고 상상하던 곳들이 언제든 가려고만 하면 닿기 쉬운 곳에 있다는 사실에요. 그렇게 설레기만 하던 마음이 금세 지나가고 이제는 업계에서 인정받고 싶다는 욕망이 들끓던 초년생 시절, 한 분야에 전문성을 가진 기자가 되겠다는 꿈을 꾸기 시작했습니다. 그러나 제가 좋아해온 영화, 책, 음악 분야는 이미 경쟁을 꿈꿀 수 없을 만큼 산이 높은데다 이미 많은 이들이 정상에 도달해가는 중이었어요. 제가 지금부터 아무리 열심히 쌓아간다고 해도 출발선부터 다른 그들처럼 될 수는 없는 노릇이었죠.

특히 잡지 업계 사람들은 마니아 수준의 분야를 하나 이상은 가지고 있는 것 같았습니다. 돈을 적게 벌더라도 좋아하는 일을 하겠다는 의지가 있는 사람들이 모여드는 조직이니 더욱 그래 보였겠죠. 그들에 비하면 제가 취향이라 말해온 건 좋아하는 분야의 언저리를 맴도는 수준에 불과했어요. 경복궁역 주변에 산 지 십 년이 넘은 친구와 대화하던 중 "너는 이제 동네 토박이네"라고 하자 이런 답이 돌아왔습니다.

"십 년 가지고 뭘. 서촌에서 이 정도는 아직도 뜨내기야. 최소 삼십 년은 살아야 좀 오래 있었네, 해줄걸?"

서촌은 워낙 역사가 깊은 주거지라 대를 이어 사는 주민들이 다수이기 때문이란 설명이 이어졌는데, 제가 딱 그런 상황인 듯했습니다. 나름 오래 있었다고 생각하지만 진짜들 사이에는 낄 수 없는 뜨내기.

지금이라도 가능성 있을 것 같은 분야를 기웃거려봤습니다. 인디 음악에 심취하기도 했고 요리를 배우러 다니기도 했고 당시 유행하던 섹스 칼럼을 써보기도 했어요. 배움에 대한 강박이 있어 보인다는 우려를 들을 정도로 열심이었지만, 객관적으로 평가해봤을 때 그저 그런 수준을 넘지 못하고 있었습니다. 주위에는 홍대의 클럽 문화가 태동할 때부터 지켜보면서 웬만한 음악 페스티벌은 모두 섭렵한 사람이 있고, 만년필이나 운동화를 좋아해서 희귀 아이템을 수백 개 이상 모은 사람들이 있고, 처음 듣는 해외 영화감독 이름을 줄줄 외며 대학생 때부터 전주국제영화제 같은 곳에서 생동하는 경험을 쌓아온 사람이 있었어요. 해외 도서전에 갈 정도로 열성적인 사람 앞에선 그간 독서가 취미라고 말해온 게 부끄럽게 느껴졌습니다. 그런 세계가 있다는 사실을 애초에 상상조차 못 한 데서 오는 가난한 지방 출신의 열패감도 컸죠.

'나처럼 평범한 사람이 뭔가를 애매하게 좋아하는 게 강점이 되는 길은 없는 걸까?' 그 고민은 생각보다 빠르게 풀렸습니다. 전문성을 확보한 선배들이 자신 있는 분야에 관해 쓴 글을 유심히 살펴보았더니 저라면 사용하지 않을 전문용어를 그대로 가져다 쓰곤 하더라고요. 또 전문가에게 청탁해 글을 받아보면 논문인지 에세이인지 헷갈릴 정도로 영어 표현과 번역투 문장이 많았습니다. 필진에게 받은 글을 대중의 눈으로도 읽히게 고치고 있노라면, 한국어를 한국어로 바꾸는 일을 하는데도 번역가의 고충을 이해할 수 있을 것 같았습니다. 전부 쉬운 말로 바꿔버리면 글을 쓴 이가 자신의 의도와 다르다며 항의할지도 모르고, 그렇다고 고치지 않으면 독자가 어렵다고 읽지 않을 테니까 그 중간의 어딘가를 찾는 일이 무척 어려웠습니다.

무언가를 깊이 아는 사람은 그것을 너무 사랑하고 각각의 차이를 예민하게 감각하기 때문에 뭉뚱그린 설명을 마주할 때 불편함을 느낍니다. 일례로 '그 사람은 뚱뚱하다'라는 표현을 들을 때 일반인은 그렇구나 하고 말지만, 직업이 의사인 사람이라면 '체질량 지수 30 이상인 몸을 말하는 건가?' 하고 의문을 가질 겁니다.

대학에 다닐 때 존경했던 한 교수는 '글'이라는 말 대신 '텍스트text'라는 표현을 썼어요. 텍스트라는 단어에는 해석을 필요로 한다는 개념이 들어 있기에, 대학에서 함께 읽는 글은 텍스트라고 불러야 정확하다고 설명하면서요. '시퀀스sequence'라는 말을 주로 쓰는 건축가는 젠체하기 위해서가 아니라 그 말의 뉘앙스와 합치하는 한국어를 찾지 못했기 때문일 뿐입니다. 또 요리를 직업으로 삼은 사람은 '적당한 크기로 자르세요' 같은 표현을 들으면 자동으로 미간을 찡그리기 마련이죠.

이처럼 한번 전문 분야가 생기면 그걸 몰랐던 입장으로 다시 돌아가기란 불가능합니다. 문제는 자신이 아는 내용을 당연히 남들도 알 거라 생각할 때 발생합니다. 내가 알고 있는 지식을 남들도 당연히 알고 있으리라 가정한 뒤 말하고 행동하는 것을 심리학에서는 '지식의 저주The Curse of Knowledge'라고 부릅니다. 이 같은 인식 왜곡은 전문가가 더욱 깊이를 가지도록 만드는 매개가 되기도 하지만, 새로운 사람을 그 안으로 초대하는 것을 막는 의외의 단점을 가져오기도 합니다. 지식의 저주를 받으면 의도하지 않았는데도 일반인의 수준으로는 이해할 수 없는 표현을 자꾸만 쓰게 되거든요. 내부에서는 편안하고 익숙하게 쓰는 업계 용어가 외부인에게는 무슨 뜻인지 이해할 수 없는 외계어처럼 들리는 이유가 여기에 있습니다.

깊이 있는 선배들처럼 될 수 없다는 생각에 좌절하던 저는 방향을 다른 쪽으로 틀기로 했습니다. 세상에는 언제나 초심자가 있기 마련이고, 세상에는 저처럼 애매한 사람들이 더 많으니까요. 대학 시절 와인을 팔면서 영업인의 자세를 익힌 경험을 다시 떠올려보았습니다. 좋아하는 분야를 좋아하는 그 자체로 충만함을 느끼는 사람은 마니아나 전문가입니다. 반면 내가 좋아하는 걸 다른 사람도 좋아하게 하는 사람은 영업인이라 할 수 있지요. 영업인의 도움을 받아 업계에 관심을 가지고 전문가가 된 이는 곧 영업인의 영향을 잊을지도 모릅니다. 어떤 전문가는 영업인의 가벼움을 탐탁지 않아 할지도 모르죠. 그렇더라도 지식과 사람, 정보와 사람을 매개하는 역할은 꽤 의미가 있는 듯했습니다.

잡지사에서 기획할 때 초심자를 타깃으로 하는 콘텐츠를 중점적으로 만들어내기 시작했습니다. 예컨대 '음악 페스티벌'이라는 주제가 있다면 처음 가보는 사람이 궁금해할 정보를 제공하는 기사를 기획하는 식이었습니다. 전문 분야가 없다는 콤플렉스를 대중성에 소구하는 방식으로 접근하니 다룰 분야의 가짓수가 다양해지고 넓어졌습니다. 이전까지 "베스트셀러는 별로 안 읽어서요"라고 말하곤 했는데, 초심자를 위한 콘텐츠를 다루자고 결심한 뒤에는 대중의 니즈를 파악하고자 매주 베스트셀러 목록을 훑어보았습니다. 시청률이나 화제성 높은 드라마, 흥행하는 영화를 챙겨 보았고 "이런 걸 대체 누가 들어?" 하는 친구 말에 찔려하면서 최신 인기 가요를 순위대로 들었죠. 보지 않았을 콘텐츠를 보고, 듣지 않았을 음악을 듣고, 들어가지 않았을 커뮤니티에 들어가면서 흥미로운 차이를 체감하게 되었습니다.

때론 '깊이'보다 '넓이'가 중요합니다

원래 좋아하는 것에 시간을 쓰는 비율은 최소한으로라도 지켜가되, 남들이 좋아하고 추천하는 것은 적극적으로 경험하자고 마음을 먹은 후 글쓰는 체질도 바꾸어나갔습니다. 일단 글을 쓰는 시간부터 바꾸었습니다. 이전에는 퇴근 후 에세이를 썼거든요. 그런데 밤에 글을 쓰면 담백하게 풀어내기 쉽지 않아서 출근 전 새벽 시간을 활용했습니다. 좀더 실용적인 글을 쓰기 위해서였죠. 더불어 주제를 분명히 한 뒤 쉽게 읽히면서 공감하기 좋은 예시를 찾는 데 힘을 쏟았습니다. 한 달에 책을 한 권 읽을까 말까 한 사람들에게 말을 건다는 기분으로요. 그러다보니 어느 순간부터 독자들에게 받는 피드백의 내용이 달라졌습니다. 전에는 독자들이 글을 잘 읽었다고 칭찬의 메일을 보내줄 때 "글을 참 잘 쓰시는군요"라고 해주었는데, 어느 시점부터는 "글이 참 좋았습니다"라고 써주었습니다. 이 둘의 차이는 명백했습니다.

지금도 영업인의 마인드로, 어려운 표현이나 매끄럽지 않게 읽히는 부분을 중점적으로 고쳐봅니다. 제발 끝까지 읽어달라는 심정으로 글을 고칩니다. 진득하게 뭔가를 보고 있기 힘든, 집중력이 낮은 독자들에게도 완독의 재미를 느끼게 해주고 싶거든요. 에세이를 쓰기 시작하면 인생이 어떻게 변할 수 있는지 알려주고 싶어서 글쓰기 강좌를 정기적으로 연 지도 오래되었습니다. 좋은 책이나 영화를 발견하면 친구들과 공유하고 싶어서 여러 개의 모임을 하고 있기도 합니다. 주변 사람들이 추천해주는 건 책이든 영화든 장소든 메모해두었다가 꼭 경험해보려 하죠. 이처럼 좋은 걸 서로 추천해주는 취향 공동체를 확장하고 싶어 이대역 근처에 '정글살롱'이라는 공유 작업실도 열었습니다.

제게 영업인처럼 쓰고 말하려 노력한다는 뜻은 이런 데 있습니다. 뽐내고 싶은 마음을 애써 누르고 친절해지는 것. 사람을 향한 관심을 놓지 않는 것. 얇은 귀를 최대한 유지하면서, 다른 사람들이 호감을 느끼는 게 있다면 개인적 판단을 유보하고 이유를 궁금해하는 것. 가끔 한 번씩은 너무 익숙한 세계에 갇혀 있지 않은지 두리번거려보는 것. 혼자 좋아하는 데서 그치는 게 아니라 함께 좋아해서 판을 넓혀보자고 제안하는 것.

뭔가를 깊이 아는 것만이 전문성이나 개성은 아닌 듯합니다. 자기식으로 해석한 내용을 쉽게 풀어주는 사람에게도 전문성이 있으니까요. 표현을 잘한다는 건 그저 똑똑해 보이는 사람이 듣는 평가가 아닙니다. 속마음을 마치 들여다보듯이 말해주는 사람에게 우리는 매력을 느낄 수밖에 없습니다. 자기표현의 기술 습득은 박사학위를 따는 방식과는 다르게 작동합니다. 더 깊어지는 데에만 있는 게 아니고 더 넓어지는 데에도 있지요. 말과 글을 세밀하게 다뤄보고자 한다면, 이처럼 자기에게 더 잘 맞는 방식도 생각해볼 필요가 있습니다.

친절한

거짓말 연습

처음 본 자리에서 지나치게 사적인 이야기를 하거나, 민감할 수 있는 이슈를 언급하거나, 푸념을 늘어놓는 사람들이 있습니다. 명함을 건네받은 지 십 분도 채 지나지 않은 상황에서 "최근 어떤 책이 좋았냐"고 질문해온 상대에게 A라는 책을 언급했더니 곧바로 "내 취향은 아닐 것 같다"고 단호하게 응답해 당황한 기억도 있네요.

그처럼 솔직하고 화끈한(?) 화법을 사용하는 사람을 만나면 다소 안쓰러운 마음이 듭니다. 일단 제 입장부터 밝히고 그걸 상대가 받아들이지 않으면 우린 인연이 아니라며 밀어내버린 어린 시절의 제가 떠오르거든요. 그땐 몰랐습니다. 처음부터 상대에게 내 패를 내보일 필요가 없다는 사실을요. 이해란 같은 취향을 공유하는 데서 나오는 게 아니라, 충분한 시간이 쌓여 만들어진 신뢰에서 시작된다는 것도 말입니다.

최근 경쟁하듯이 독한 표현을 쓰는 이들이 많아지는 현상을 체감합니다. 익명 게시판이나 인터넷 커뮤니티 이용이 증가해서일까요? '일베(일간베스트)' 같은 극우 커뮤니티에서 혐오하고 차별할 '권리'를 주장하는 말하기에 익숙해진 이가 많아진 영향도 있으리라 짐작합니다. 『보통 일베들의 시대』 저자 김학준은 정치인 이준석을 가리켜 '다듬어지고 제도화된 일베'라고 표현했습니다. 이 씨는 전국장애인차별철폐연대의 이동권 시위를 가리켜 '비문명적'이라고 비난하면서 혐오 표현을 쏟아낸 적이 있죠. 그 발언이 화제가 됐던 이유는 제도권 정당의 대표가 소수자를 상대로 징징대지 말라는 투로 불편한 속내를 드러낸 것이 전에 없던 광경이었기 때문입니다. 이 씨의 말에 어떤 사람은 '속시원하다'며 환호했습니다. '벼락거지' '퐁퐁남' 같은 모멸적이고 비하적인 신조어 앞에서도 많은 사람들이 불편함을 느끼지만 어떤 이는 다만 현실일 뿐이라 하지요.

"말이야 바른 말이지만" "솔직히 말해서" "현실이 그러니까" 같은 표현을 서두에 자주 이용하는 사람들은 판단하는 말하기, 평가하는 말하기, 위선 떨지 않는 말하기를 통해 자신이 가식 없는 커뮤니케이션을 하고 있다고 확신하는 경향이 있습니다. 이런 표현 방식은 스스로를 명석하고 용기 있는 사람처럼 느끼게도 합니다. 타인이 하지 않는 표현을 꺼내거나, 타인을 평가함으로써 남들보다 우위에 있는 듯 여기니까요. 이처럼 가식 없는 솔직함이 대화에서 최고의 가치라고 생각하는 이에게 백수린의 단편소설 「거짓말 연습」을 읽어보길 권하고 싶습니다.

소설 속 주인공 '나'는 남편과 이혼 직후 프랑스로 유학을 갑니다. 프랑스어가 유창하지 못하니 느끼는 바를 표현하는 데에서 항시 답답함을 느끼죠. 어학원에서는 학생들의 프랑스어 실력 향상을 위해 말 상대가 필요한 노인을 연결해줍니다. 집에서 혼자 티브이를 보는 것이 일상의 대부분을 차지하는 르블랑 부인을 일주일에 한 번씩 만나 "뭐라고요?"라는 말을 가장 많이 주고받으며 대화하던 주인공. 그러던 어느 날 할머니와 대화를 이어가기 위해서는 속마음보다는 오히려 편안하게 나눌 수 있는 주제와 표현을 꺼내는 게 먼저라는 사실을 깨닫습니다.

학교 기숙사에서 세계 각국에서 온 학생들을 만나 이야기를 할 때도 중요한 건 내용이 아니었습니다. 각기 다른 억양과 발음으로 대화할 때 그들에게 필요한 건 솔직함보다는 이야기를 나누고 싶다는 의지와 참을성이었습니다. 또한 상대가 이해하기 쉬운 표현을 쓰는 게 우선이었지요. 이를 위해 주인공은 아주 작은 거짓말들을 해나가며 생각합니다. 어쩌면 이런 거짓말들이 이 세계를 견고

하게 만드는 비법이자 가장 건강한 소통 방식일지도 모른다고요. 돌이켜보면 이혼의 이유 또한 남편의 독단적인 소통 방식 때문이었습니다. 결혼생활에서 서로 숨기는 게 없도록 하자던 남편이 솔직함을 내세워 결국 그에게 상처를 주었거든요. 소설에는 이런 표현이 나옵니다.

> 한국에서 학생이었어요? 아니요. 애인이 있어요? 없어요. 나는 내가 느끼는 미묘한 감정들을, 사소한 차이들을 결코 제대로 전달할 수 없으리라는 것을 알았다. 그러나 그것이 여기, 우리의 대화에서는 문제가 되지 않았다. 우리가 하는 말이 참인지 거짓인지는 더이상 중요하지 않았다. 이곳에 진실한 것이 하나라도 존재했다면 그것은 다만 우리가 끊임없이 서로에게 말을 건네고 있는 행위, 그것뿐이었을 것이다.[11]

백수린의 「거짓말 연습」을 읽고 난 뒤 굳이 그럴 필요가 없는 상황에서 솔직하게 말하는 바람에 상대에게 상처 준 일을 떠올렸습니다. 지적하는 말하기, 평가하는 말하기, 호불호를 가감 없이 드러내는 말하기를 했던 경우를 떠올려보면 상대를 진심으로 걱정하거나 배려해서가 아니었습니다. 그걸 짚어내는 스스로가 재치 있게 느껴져서, 일단 생각나는 대로 말했다가 번복하기가 부끄러워 사과할 기회를 놓친 경우도 있었습니다. 너무 익숙한 나머지 문제가 될 수 있다고 생각 못한 말도 많았습니다. 단적으로 외모를 평가하는 말이 그렇습니다. 요즘은 이에 대한 사회적 감수성이 발달해서 외모를 지적하는 말은 실례라고 여기는 분위기가 퍼져 있지만, 그렇지 않은 분위기에 오랫동안 젖어 있었던 터라 실수한 경우가 적지 않았습니다.

'옳음'과 '친절함' 중 하나를 골라야 한다면

일상 상황에서, 특히 친분이 없는 사람과는 대화를 원활하게 이어가는 그 자체가 중요합니다. 조금은 밋밋하고 무난한 대화가 계속되더라도 말입니다. 어색한 상황일수록 가장 시급하게 해야 할 일은 상대와 라포르rapport부터 형성하는 것입니다. 라포르란 두 사람 사이에 감정 교류를 통한 공감대가 만들어진 상태를 말하는데요. 라포르가 형성된 상태에서는 상호 신뢰가 생기기 때문에 어떤 이야기를 하더라도 의도를 오해하지 않을 가능성이 큽니다. 하지만 그전에는 말을 특히나 조심스럽게 골라야 하죠. 똑똑해 보이지만 기분 나쁘게 말하는 사람과 평범하지만 배려심 있게 말하는 사람 중 우리는 누구의 이야기에 귀를 기울이게 될까요? 맞는 말도 기분 나쁘게 하는 사람은 다른 사람의 마음을 얻지 못하고, 마음을 얻지 못하면 결코 상대를 설득할 수 없습니다.

저는 강의를 하러 갈 때 항상 그곳에 와 있을 청중이 공감할 포인트를 미리 찾아봅니다. 그렇게 찾아낸 특성을 강의 초반에 언급해서 저라는 사람을 편안하게 느끼도록 만듭니다. 동질감을 느끼면 경계심이 풀어지고 자연스럽게 상대의 말을 경청하고자 하는 의욕이 생기니까요. 글을 쓸 때도 특별한 사례를 언급하기보다 가급적 많은 이가 겪어봤을 만한 예시를 가져옵니다. 독자들이 제 글을 어렵지 않게 느끼고 술술 읽어가기를 바라서입니다.

누군가를 사적으로 처음 만났을 때도 마찬가지입니다. 날씨 이야기를 하거나, 만난 장소의 분위기를 칭찬하거나, 공통점을 찾아내어 그에 관한 이야기를 가볍게 나눕니다. 지나친 호불호를 드러내거나 부정적인 감정을 표현하거나 어느 한쪽이 일방적으로 길게 말하지 않도록 주의합니다. 깃털로 된 셔틀콕을 반대편으로 톡톡 보내고 받는 기분을 유지하지요. 시합이 아니라 취미로 치는 배드민턴처럼요. 상대에게서 좋은 특성을 알아보고, 함께 이야기할 공통점을 발굴하고, 지적할 점을 찾아낼 에너지로 칭찬할 거리를 꺼내어 언급해주는 다정함이 관계를 꾸준하게 이어가게 합니다.

'거짓말 연습'이라는 소설 제목처럼 우리는 원활한 커뮤니케이션을 위해 약간의 거짓말을 연습할 필요가 있습니다. 이때의 거짓말은 상대를 속이는 말을 의미하지 않습니다. 꼭 있는 그대로 솔직하게 다 말할 필요는 없다는 뜻이지요. 자꾸만 속시원하게 말하고 싶은 유혹이 들 때는 일상에서 평론가처럼 말해서는 안 된다는 사실을 기억해야 합니다.

비난하는 말하기, (그것이 사실을 적시한 것이라 해도) 지적하는 말하기에서 벗어나 친절하게 말하는 연습을 시작해야 합니다. 안면 기형 장애를 가지고 태어난 주인공 어기가 등장하는 영화 〈원더〉에는 솔직함을 무기로 그를 푹푹 찔러대는 친구들의 대사가 연이어 등장합니다. "내가 어기처럼 생겼다면 자살할 거야" 같은 말들이죠. 영화에서는 그런 식의 솔직함은 우리가 추구할 목표가 아니라는 사실을 분명히 합니다. 거기에 이런 대사가 나옵니다.

"옳음과 친절함, 둘 중 하나를 골라야 할 때는 친절함을 선택해야 한단다."

같은 영화에 그 이유를 암시하는 대사도 함께 나오죠.

"친절해야 한다. 네가 만나는 사람들 모두 힘겨운 싸움을 하는 중이니까."[12]

'좋은 사람'이
공감 능력이 부족한 이유

자립준비청년들이 모여 있는 워크숍에서 강의를 한 적 있습니다. 자립준비청년이란, 아동복지 시설이나 공동생활 가정 등에서 보호받다가 만 열여덟 살이 되면서 해당 시설을 퇴소하는 이들을 뜻합니다. 예전에는 '보호종료아동'이라는 표현을 썼는데, 최근 들어서는 '자립준비청년'이라는 표현으로 바꾸어 쓰고 있지요. 이렇듯 보호가 종료된 후 막막한 시작을 해야 하는 청년들의 수가 매년 이천오백 명 정도 된다고 해요. 누군가에게 '독립'이라는 말은 생각만으로도 새출발의 설렘을 떠올리게 하겠지만, 자기 말고는 믿을 이가 별로 없는 이들에게는 '자립' '독립' 같은 현실은 최대한 미뤄

94

두고 싶은 두려움일 겁니다.

저는 보통 강의 날짜가 확정되고 나면 담당자에게 사전에 참고하면 좋을 내용을 물어보곤 합니다. 참가자들 연령대는 어떻게 되는지, 성비는 어떤지, 원하는 강의 방향이 있는지 등을 미리 알면 도움이 되거든요. 같은 주제로 말하더라도 고등학생이나 대학생, 직장인이나 주부 등 주요 참석 대상이 누구인지에 따라 사용하는 예시가 달라져야 하기 때문입니다.

이번에 저를 초청한 회사는 대기업 산하의 공익 재단이었습니다. 이곳에서는 자립준비청년들이 미용이나 컴퓨터 등 자신이 선택한 분야에서 자격증을 딸 수 있도록 비용을 지원하는 사회공헌사업을 하고 있었어요. 선정자를 대상으로 오리엔테이션을 하는 행사에 제가 초대된 것이었습니다. 그곳에서 십 년 넘게 일했다는 담당자는 제게 미리 주의할 점에 대해 알려주었는데, 이례적으로 긴 메일을 보내왔습니다. 그 내용을 간추리면 이러했죠.

"가족에 관한 이야기를 해주실 때 주의 부탁드립니다. 전에 재테크 관련 강의를 진행한 강연자가 '부모님이 이 정도는 해주시지 않냐' '하다 힘들면 부모님께 말하면 된다' 등의 발언을 하는 바람에 대상자들이 크게 상처받고 항의했습니다. 당연히 참가자를 고려해주시리라 생각하지만 그 일이 생긴 뒤 주최측에서도 조심하고 있는 부분이라 알려드립니다."

메일을 읽고 당황스러웠습니다. 그 재테크 전문가는 도대체 왜 그런 말을 했을까요? 사전에 분명히 행사의 성격을 안내받았을 텐데요. 혹시 '자립준비청년'의 뜻을 몰라서 단순히 독립을 준비하는 이십대 청년들이라고 이해했던 걸까요? 아니라면, 그 뜻을 알았음에도 순간적으로 평소 하던 말이 툭 튀어나와버린 걸까요?

어떤 이유건 간에, 그가 부모와 자식 간의 관계를 어떻게 생각해왔는지는 분명합니다. 부모란 자식에게 기댈 구석을 제공하는 사람이고, 힘들면 의지할 수 있는 사람이며, 경제적 지원도 어느 정도는 해줄 수 있는 사람이라고 여겨왔을 테죠. 이를 살아오면서 직접 체험했고 주변에도 비슷한 환경에서 자란 이들이 많아서 그것이 당연한 상식이라고 생각했을 겁니다. 그렇기에 "힘들면 부모에게 말하면 된다" "부모님이 그 정도는 해주실 수 있다" 같은 말을 확신에 차서 할 수 있었겠죠.

자립준비청년들이 느닷없이 받았을 그때의 불쾌감이 그들을 만나고 와서도 오랫동안 마음에 남았습니다. 말하는 사람 입장에서는 선의로 한 것일지라도 받아들이는 사람에게는 무례하게 느껴지는 말이 있습니다. 악의로 시작된 말만 상대를 불편하게 만드는 것이 아니죠. 분명히 나는 기분이 나쁜데 상대는 태연할 뿐 아니라 지금의 이 까슬까슬한 상황을 전혀 짐작조차 못하고 있다는 게 민망스러워서 그저 입을 다물게 되는 상황이 있기 마련이니까요.

'공감'이라는 스포트라이트

대학 때, 존경하는 교수님이 있었습니다. 보통 교수님들은 대학원생이 아닌 학부생들에게는 큰 관심을 기울이지 않는 경우가 대부분인데, 그분은 모두에게 두루 애정이 있었습니다. 아끼는 학생들을 교수실로 불러 진로 상담을 해주기도 하고 이런저런 조언도 건네던 따뜻한 분이었지요. 책만큼이나 작은 화분이 많던 교수실에서 처음으로 보이차를 마신 기억이 납니다. 교수님은 제가 아르바이트를 하느라 항상 시간에 허덕이는 상황을 안타까워했습니다. 찻잔이 비어가자 다시 적당히 식은 차를 따라주면서 교수님은 이런 이야기를 했어요.

"지금은 네가 돈 몇 푼을 더 벌려고 아르바이트를 하고 있을 때가 아니야. 최저시급 받겠다고 뛰어다닐 때가 아니라 공부할 때지. 부모님을 설득하든 투쟁하든 지금은 용돈을 받아야 해. 아무리 형편이 어려운 집이어도 그 정도는 부모님이 어떻게든 해주실 수 있어. 부모는 그러라고 있는 존재거든. 정 미안해서 안 되겠다면 졸업하고 돈을 벌어서 갚으면 되잖아. 돈 버느라 흘려보내는 이 시간은 절대 다시 돌아오지 않는단다."

알고 있습니다. 그분은 저를 아끼셨고, 진심으로 안타까운 마음에 그런 우려를 길게 말씀해주셨다는 사실을요. 저는 그 말을 들으면서 "잘못 생각하고 있었네요. 그렇게 해볼게요"라고 맞힐 수 있는 처지라면 얼마나 좋을까 한탄했습니다. 정말 조르거나 설득해서 부모님에게 손을 벌릴 수 있는 환경이었다면, 죄송스럽고 폐를 끼치기 싫어서 용돈을 받지 않았을 뿐 이제라도 마음을 바꿔먹어서 상황이 나아질 수 있는 거라면 좋겠다고요. 교수님이 아는 부모의 범위는 자식에게 희생하는 사람들, 자식에게 어떻게든 경제적 지원을 해줄 수 있는 사람들이라는 선 안에 있었습니다. 교수님의 의도를 이해했기에 화가 나지는 않았지만 아득한 거리감을 느낀 채 황급히 문을 닫고 돌아 나온 기억이 납니다.

이처럼 '좋은 사람'들이 하는 실수는, 흔히 말하는 공감 능력이 부족하기 때문은 아닙니다. 그들도 타인의 고통 등에 대해 '나름의' 공감을 합니다. 문제는 이 같은 공감 능력이 대부분 자신의 경험과 가치관, 주변에서 흔히 보이는 상황들로 한정된다는 데 있지요. 코로나19에서 시작된 금리 인하와 그로 인한 유동성 증가로 부동산 거품이 최대이던 시기, 서울 평균 아파트 매매가가 십일억 원을 돌파했다는 기사가 쏟아져나오곤 했는데요. 그때 많은 전문가들은 이렇게 말했습니다.

"요즘 웬만한 부부들은 맞벌이하면 연봉 일억 원이 넘습니다. 양가 부모가 집 한 채 정도는 사줄 수 있는 가구도 많아요. 아파트 가격은 계속 오를 수밖에 없죠."

하지만 2021년 기준의 통계청 기반 발표를 보면 순자산이 구억 원 이상 있는 가구는 상위 10퍼센트에 해당합니다. 전문가들 주변에는 연봉 일억 원이 넘는 사람이 부지기수일지 모르겠으나 범위를 넓혀서 전체를 보면 전혀 그렇지 않은 것입니다.

『공감의 배신』의 저자 폴 블룸은 이런 말을 합니다. 공감이란 관심과 도움이 필요한 곳을 환히 비추는 스포트라이트와 같기에 자기와 비슷하거나 관심 가는 것에만 불빛이 향하기 쉽다고요. 반대로 그렇지 못한 주변은 어두워져 잘 보이지 않을 수밖에 없습니다. 그 때문에 공감은 '우리가 좋아하고 친숙하게 여기는 사람'만을 돕게 할 수 있으며, 공감이 자기중심적으로 세상을 보고 현실을 왜곡할 수 있다는 것이 블룸의 우려입니다.

"네 마음이 어떤지 궁금해"라는 말

공감은 분명 인간다움을 지키게 하는 위대한 마음임에 틀림없습니다. 우리가 문학작품을 읽는 이유는 제한될 수밖에 없는 간접경험의 범위를 넓혀 타인에 대한 공감 능력을 키우기 위해서이기도 하지요. 하지만 제아무리 많은 경험을 한다고 해도 한계는 있는 법이죠. 직접적으로든 간접적으로든 자신이 경험한 바에만 지나치게 기대면 스스로 이해할 수 있는 상황 위주로만 타인을 판단하는 자기중심성이 강화될 수 있습니다. 왜곡된 인식을 갖거나 말실수를 하는 가장 큰 이유는 이 같은 자기중심성인 경우가 많고요.

자기중심성이란, 자기 입장에서 보이는 것만 중시하고 타인의 관점을 제대로 이해하지 못하는 심성을 뜻합니다. 이와 관련된 유명한 실험이 있어요. 어린아이들에게 세 개의 산 모형을 보여주고 나서 반대편에 있는 인형에게는 그 모형이 어떻게 보일지 묘사해보라고 한 실험인데요. 아이들은 자기의 관점과 인형이 보는 관점이 똑같을 거라고 생각했다고 합니다. 자기중심적인 행동은 어린 시절 일반적으로 나타났다가, 성인이 되어갈수록 여기서 서서히 벗어나게 됩니다. 어릴 때는 세상의 중심이 나라고 느끼다가 점차 성장하면서 그렇지 않다는 사실을 깨닫는 이유도 이 같은 자기중심성에서 멀어지기 때문이지요. 다시 말하면, 성인이라 하더라도 자기의 관점에만 갇혀 자기중심성에 빠져 있으면 어린아이와 별반 다르지 않다는 뜻이 되겠습니다.

'당연히 ~라면 ~하겠지'라는 가정하에서 내린 판단이 의도치 않게 타인에게 상처를 주는 경우가 많은 것 같습니다. 제 경우에도 공감 능력을 발휘한답시고 "여자라면 ~한 거 아닐까" "요즘 직장인들은 다들 ~하잖아" 등 제 기준에서 단정한 말, 상대를 제대로 공감하지 못한 말을 많이 해왔다고 느낍니다. 예컨대 누군가가 자존감이 낮아서 고민이라고 하면 어릴 때 부모에게 사랑이나 인정을 받지 못해서일 거라 지레짐작하는 경우가 많았습니다. 어느 날 후배가 저와 그런 유의 이야기를 하다가 단호하게 말하더군요.

"아니요. 저희 부모님은 사랑을 충분히 주셨어요. 제 불안은 그것과는 상관없는 것 같아요."

그때 크게 뜨끔했던 기억이 납니다. 공감한답시고 네 마음을, 네 상황을 알고 있다고 말하는 척하면서, 결국은 저의 경험에만 기대어 편견을 공고히 해왔다는 생각이 들더군요.

강의를 하면서 전에는 만나보지 못한 다양한 환경의 사람들과 자주 마주합니다. 한때는 저도 청중과 같은 상황이었습니다. 고등학생인 적이 있었고 대학생인 적도 있었고 직장인인 적도 있었지요. 하지만 '그 시절들'이 이제는 너무 멀어져서, 과거의 개인적 경험만으로는 지금 공감대를 만들기 어렵다는 사실을 자주 체감합니다. 서울에 있는 고등학교에 강의를 하러 갔더니 아이들이 모두 네시 전에 하교하고 있더군요. 야간자율학습을 끝내고 나면 버스가 끊겨 있던 저의 학창 시절과는 완전히 달랐죠. 그걸 모르면 나도 고등학교 시절을 겪어봤답시고, 그래서 공감한답시고, 잘 이해하는 체하며 초점이 빗나간 위로를 건네게 될 겁니다.

말을 할 때 '모두가 나 같을 거'라고 생각하는 자기중심적 렌즈에서 벗어나고자 스스로를 점검해보는 것. 공감 능력이 가닿지 못하는 부분 또한 많다는 한계를 직시하는 것, 편안한 사람들 안에만 갇히지 않고 한 번씩 고개를 돌려 다양한 입장과 상황을 접해보면서 화각을 넓히는 것, "나는 네 마음을 잘 알아"가 아니라 "네 마음이 어떤지 궁금해"라고 말할 수 있도록 진정한 관심을 기울이는 것,

또한 선의로 한 말이라도 상대에게 상처를 줄 수 있다는 사실을 기억하는 것이 중요합니다. 상대에게 어떤 말을 해주고 싶은 마음이 들 때, 자기의 과거 경험부터 내세우지 말고 상대가 처한 상황이 얼마나 개별적인지를 알아야 하겠지요. 말을 잘하는 능력은 주장하는 내용의 분명함에서 나오지 않음을, 상대가 듣고 싶었던 말이 무엇인지부터 파악하고 그 눈높이에 맞추려는 관심에서 시작됨을 저는 요즘 깊이 체감하고 있습니다.

좋은 질문 vs

나쁜 질문

〈나는 솔로〉라는 예능 프로그램을 흥미롭게 보고 있습니다.
그중 한 번도 연애해본 적 없다고 스스로를 소개하는 일반인 출연
자들이 모인 '모태솔로' 특집이 있었는데요. 출연자 모두 이성과 있
을 때 과도하게 긴장하거나 눈을 제대로 맞추지 못하는 모습을 보
였습니다. 어떤 분야든 초심자들은 특유의 어색함을 숨길 수 없는
것 같습니다. 수많은 카메라 앞에서 일주일가량 합숙하는 내내 촬
영하는 건 방송인들에게도 쉬운 일이 아닐 텐데, 출연을 결정하기
까지 얼마나 큰 용기가 필요했을까 싶기도 했습니다.

연애도 방송도 익숙하지 않은 사람들이 마음에 드는 상대와

짧은 시간 동안 호감을 쌓으려다보니 평소 하지 않았을 법한 말실수를 저지르기도 했습니다. 특히 안타까웠던 장면은 몇몇 출연자가 상대에게 전혀 긍정적 시그널을 주지 못할 질문을 건넬 때였습니다. 왜 굳이 저런 질문을 해서 상대를 불편하게 하고 어색한 분위기를 만드나 의아해지는 상황이 자주 펼쳐졌지요.

누군가를 처음 만났을 때 우리는 친교를 목적으로 대화합니다. 이 초기의 대화는 주로 질문과 대답으로 이루어집니다. 대화할 거리를 찾기 위해서 길게 탐색을 거치는 셈인데요. 그러니 서로를 거의 모르는 상태에서는 차이를 확인하기보다 공통점을 찾아내서 그것을 바탕으로 서로 공유할 만한 포인트를 단단히 뭉쳐 징검다리를 놓는 게 중요하죠.

나쁜 질문을 던지면 답을 찾아낸다 해도 그다지 멀리 가지 못하게 되지만, 좋은 질문을 던지면 끝내 답을 못 찾더라도 답을 찾는 와중에 이미 꽤 멀리까지 가 있게 된다.[13]

신형철 평론가가 『정확한 사랑의 실험』이라는 책에서 쓴 글입니다. 저는 이 말이 질문의 본질을 정확히 짚어냈다고 생각해요.

나쁜 질문은 상대의 답을 받아내더라도 거기서 더 앞으로 나아가지 못하는 질문을 통칭합니다. 의례적인 질문, 상대의 답이 궁금해서가 아니라 결국 자기 이야기를 하기 위한 미끼로서 던지는 질문, 호기심이나 존중이 없는 질문들이 대개 그렇죠. 나쁜 질문은 상대가 답을 쉽게 할 수 있을지는 몰라도 질문 자체가 지루하거나 불쾌하거나 얄팍합니다. 이런 질문으로 가득찬 대화는 형식적이고 의례적인 면접에서, 어색한 가운데 정해진 시간을 '때워야만' 하는 상황에서, 또는 날씨와 개인 신상과 연예인 관련 뉴스와 우스갯소리로만 가득찬 대화에서 쉽게 찾아볼 수 있지요.

반면 좋은 질문은 상대가 쉽게 대답할 수 있는 질문이 아닌 경우도 많습니다. 대답을 기다리거나 생각하는 과정이 있더라도 일단 그 물꼬를 틀 만한 질문이 좋은 질문이니까요. 상대가 중요하게 생각하는 것이 무엇일지, 상대가 지금 가장 말하고 싶은 것이 무엇일지를 먼저 가늠해보고 질문을 던져주는 사람이 질문을 잘하는 사람입니다. 나아가 질문을 이용해서 관계를 더욱 진전시킬 수 있는 사람이기도 하고요.

얼마 전, 잡지 『씨네21』에서 걸그룹 뉴진스를 만든 민희진 대표의 인터뷰를 읽었습니다. 뉴진스의 새 뮤직비디오가 신선하다고 생각하던 차였는데, 마침 촬영 비하인드를 길게 설명하는 부분이 나와 꼼꼼히 보았어요. 이전까지 K-pop 뮤직비디오를 찍어본 적 없는 신우석 감독에게 뮤직비디오 제작의 전권을 거의 위임했다고 하더군요. 회사를 다녀본 분이라면 이해하겠지만 그건 정말이지 쉽지 않은 결정입니다. 민 대표는 신 감독을 전적으로 신뢰한 이유에 대해 이렇게 말했습니다. 둘 다 일하는 방식이나 발상법이 비슷하

기 때문에 최대한으로 자유를 주어야겠다고 결심했다고요. 인터뷰
에는 이렇게 쓰여 있었습니다.

"첫 미팅에서 나온 신우석 감독의 질문이 역시 인상적이었다.
뉴진스의 장기 플랜, 앞으로의 방향성에 대해 알고 싶다고 했다. 전
체 방향성을 알아야 현재 무슨 이야기를 할 수 있을지 정리될 것 같
다고. 그 질문을 받고 큰 안도감이 생겼다. 내가 중요하게 생각하는
내용을 상대가 먼저 질문하면 반갑지 않을 수 없다."[14]

상대의 마음을 열어젖히는 질문의 기술

질문이 왜 이렇게 중요한가에 대해 길게 이야기할 수 있는 이
유는 제가 약 오 년 동안 질문하는 법을 트레이닝했기 때문입니다.
잡지기자로 인터뷰 질문지를 이삼 일에 한 번꼴로 구성하면서, 인
터뷰이가 하고 싶은 말과 독자들이 궁금해할 만한 포인트를 잡고
적절한 비율을 조절하는 연습을 했죠. 인터뷰를 잘하기 위해 다른
기자들이 쓴 인터뷰도 많이 봤지만 특히 도움이 된 것은 라디오였
어요. 인터뷰는 질문지만 잘 써서 되는 게 아니니까요. 얼굴을 마주
한 뒤 편안한 분위기를 만들면서 즉흥적인 질문도 잘 할 수 있어야
하는데요. 롱런하는 라디오 진행자들이 그날의 게스트에게 어떤 식
으로 질문하는지 유심히 들어보니 실생활에서 써먹을 수 있는 핵심

기술을 많이 배울 수 있었습니다.

첫번째로는, 닫힌 질문보다는 가능하면 열린 질문을 하는 겁니다.

'왜'가 아니라 '어떻게'를 묻는 거죠. 예를 들면 "배고프지 않으세요?"보다는 "좋아하는 음식에 어떤 게 있나요?"라고 질문하는 겁니다. "오시는 길이 힘드셨죠?"보다는 "여기까지 어떻게 오셨어요?"라고 묻는 겁니다. 단답형으로 끝날 수밖에 없는 질문을 계속하다보면 당연히 대화가 뚝뚝 끊어지는데, 서로 초면인 상황에서는 이 침묵의 시간을 못 견뎌서 자꾸 무리하게 됩니다. 반면 열린 질문을 한다면 상대의 대답이 길어질 수 있고 자연히 상대가 스스로 제공하는 정보도 많아집니다. 그러면 그 답에서 힌트를 얻어 추가적인 질문을 건네기 쉬워지죠.

두번째로는, 상대가 최근 자랑하고 싶을 만한 일이나 자부심을 느낄 만한 포인트를 초기에 꺼낼 수 있도록 하는 것입니다.

어린아이가 있는 사람이라면 "아이가 지금 너무 예쁠 때지요? 어떨 때 가장 예뻐 보이세요?", 최근 승진한 사람이라면 "승진하신 걸 축하드립니다. 대단하세요. 비법을 좀 알려주시죠" 하고 말하는 식입니다. 근황을 알기 어렵다면 눈에 띄는 옷이나 소지품으로 취향을 칭찬하며 어디서, 어떻게 구매했는지 물어볼 수도 있겠죠. 핵심은 상대가 자연스럽게 기분좋은 이야기를 꺼내도록 계기를 만들어주는 데 있습니다. 어쩌면 너무나 상식적이고 당연한 이야기로 들릴지도 모르겠어요. 하지만 대화 기술이 없거나, 배려심이 부족하거나, 자기 어필에만 정신이 팔려 있는 사람들은 자신에게 중요한 일부터 말하느라 상대가 좋아할 만한 화제를 먼저 꺼내어줄 여유가 없다는 사실을 기억해야 합니다.

세번째로는, 상대방의 최근 성취 또는 좌절을 극복한 과정에서 느꼈을 법한 감정을 물어보는 것입니다.

대부분의 사람들이 성공했든 실패했든, 결과 그 자체보다 결과를 만들어내는 과정에서의 심경이 어떠했는지를 말하고 싶어한다고 저는 느낍니다. 왜냐하면 타인은 결과만 보고 과정이 순탄했으리라 쉽게 넘겨버리는 경우가 많거든요. 그런 숱한 오해들 속에서 당사자는 외로움을 느끼고 자기의 기분이 어떠했는지 밝히고 또 이해받고 싶어합니다. 누구든지요. "그럴 때 어떤 기분이 드셨어요?" "제가 선생님이었다면 그때 굉장히 기쁘면서도 불안했을 것 같은데 실제로 어떠셨어요?" 같은 질문을 하면 상대는 조금씩 속내를 꺼내기 시작할 겁니다.

네번째로는, 연령대를 고려하는 겁니다.

MZ 세대의 특징이니 뭐니 하는 세대차를 저까지 강조하고자 하는 것은 아닙니다만, 같은 문화를 공유했던 비슷한 연령대의 사람들은 어쩔 수 없이 선호하는 스토리텔링의 구조가 유사한 듯합니다. 『시련은 있어도 실패는 없다』『공부가 가장 쉬웠어요』 같은 책이 백만 부 이상 팔리던 시대를 살았던 사람들, 자수성가형 인물을 영웅담의 전형이라고 이해하던 세대는 과거에 힘들었던 이야기를 하는 걸 오히려 반기는 경향이 있습니다. 콤플렉스를 극복하고자 노력한 이야기 등을 남이 묻기도 전에 꺼내는 경우가 많아요. 베이비붐 세대는 전쟁 직후 모두가 비슷하게 가난했기에 특히나 가난에 대해서는 숨기고 싶은 약점이라 생각하지 않지요.

그러나 삼십대 이하의 세대는 다릅니다. 결함 없는 주인공이 승승장구하는 이야기를 주된 내러티브로 읽어왔고, 소년 등과가 축복이라고 믿으며 가난이 부끄러운 흠이라고 생각해온 세대는 위 세대와 고난을 마주하는 반응이 같을 수 없습니다. 이들은 과거에 힘들었던 경험보다 현재 주목받는 강점에 대해 이야기하길 원합니다. 개성을 보여주려는 욕망이 가장 크기에 다른 사람보다 우위를 보이는 장점을 어필하길 원합니다. 아직은 전성기가 오지 않았기에 과거나 현재보다 미래의 전망에 대해 이야기하길 원합니다. 이러한 세대 차이를 이해한다면 나이를 참고해서 질문 내용을 바꿔볼 수 있겠죠.

라디오를 들으며 편안하게 질문하는 방식을 이해하고, 잘 쓴 인터뷰를 참고해서 기사 쓰는 연습을 하던 저는 이제 질문을 많이 받는 입장이 되었습니다. 전업 작가가 된 후로는 새 책이 나올 때 기자에게서나 또 강연장의 독자들에게 질문을 받고 있어요. 주로 질문하던 사람에서 주로 답하는 사람이 되면서 새삼 느낀 게 있습니다. 질문을 듣다보면 이 사람이 저에 대해 어느 정도 이해하고 있는지를 명확히 알게 된다는 사실을요. 저에게 호감이 있는지뿐 아니라, 얼마나 진지하게 자기의 일이나 고민을 대면하는 사람인지 느낄 수 있습니다. 기억에 남는 대화에는 자신이 지닌 편견을 공고히 하는 질문이 아니라, 상대에 대한 진지한 호기심에서 출발하는 질문이 반드시 등장합니다.

그렇기에 저는 좋은 질문이란 결국 호기심에서 창발하고, 호기심은 상대를 향한 호감이자 존중에서 나오는 것이라 이해합니다. 반대로 말하면 상대에게 호감을 느끼고 존중할 수 있다면 좋은 질문을 할 수 있다는 뜻입니다. 좋은 질문은 좋은 대화를 가능하게 하고, 좋은 질문을 할 수 있다면 명확한 답을 얻지 못하더라도 관계가 한 걸음 더 앞으로 나아갈 수 있습니다.

"죄송합니다"가
진정한 사과가 아닌 이유

오랜만에 친구를 만날 때면 그들의 얼굴과 체형에서뿐 아니라 험담하는 대상이 바뀐 데서도 시간의 흐름을 체감합니다. 한때는 상사와 회사 욕을 했던 친구들이 이제는 후배 직원과 아르바이트생 뒷담화를 합니다. 팀장이 되었거나 심지어 스타트업 대표님, 사장님으로 불리게 된 친구들이지요. 대화를 하다가 직장 이야기가 나올 때 우리는 종종 이렇게 말하며 웃습니다.

"와, 너 방금 엄청 꼰대 같았어."

인정하지 않을 도리 없이 저 또한 꼰대가 되었습니다. 꼰대가 되어간다는 건 못마땅한 일이 많아진다는 의미이기도 합니다. 누군가의 지적이나 공격을 받으면 "그건 어쩔 수 없는 거 아니야?"라고 받아치고, 누군가가 잘못하거나 실수하면 "왜 그렇게밖에 못해?"라고 비난하는. 돌이켜보면 어릴 때는 좀처럼 이해되지 않아서 분노하거나 바꾸려 하는 일이 많았습니다. 그와 달리 꼰대들은 경험치가 많으므로 이해는 합니다. 머리로는 알겠으나 마음으로 수긍하기 힘들어서 당황스러운 거지요.

꼰대들을 미워하던 시기를 지나, 꼰대로 보이지 않으려고 발버둥치는 상황이 된 지금에서야 다시 보이는 것들이 있습니다. 리더가 된 친구들이 후배들을 두고 자주 토로하는 답답함이 비슷비슷한데 그게 어디에서 나오는지를 알게 되었죠. 대개 예측 못한 변수나 실수가 있었을 때 대처하는 태도를 말하더군요. 그럴 때 상사들이 듣기 싫어하는 말은 "죄송합니다. 어쩌죠?"입니다. 같은 꼰대라서 편드는 거냐고 물으실까봐 괜히 찔려 말씀드리는데, 성격 급한 꼰대에게 일단 맞춰주라는 말을 하는 게 아닙니다. 기성세대가 주로 분노하게 되는 구조를 알아두면 그 덫을 미리 피해 갈 수 있음을 안내해드리는 거예요.

조직 내 커뮤니케이션은 기본적으로 보고의 연속입니다. 일의 과정을 말이나 글로 공유하면서 미션을 해결해나가지요. 서로 의견을 주고받으면서 일하다보면 실수나 변수가 생기기 마련인데, 그럴 때 반응은 크게 두 가지로 나뉩니다. "죄송합니다. 이러한 문제가 생겼는데 어떻게 할까요?"라고 하는 경우와 "이런 문제가 생겼습니다. 그래서 알아봤더니 이렇게 하는 방법이 있습니다. 그렇게 하는 건 어떨까요?"라고 하는 경우죠.

전자의 말에는 고민의 흔적이 없어 답답하지만, 후자의 말에는 대안 제시가 있어 해결의 물꼬를 터줍니다. 설사 제시한 대안이 큰 도움이 되지 않더라도 적극적인 태도만은 높이 사게 되지요. 순간적으로 튀어나오는 "죄송합니다" 말고, 미리 준비한 데서 나오는 "이렇게 하면 어떨까요?"가 비즈니스 대화에서는 특히 유용합니다.

사과는 덜 하고, 신뢰는 더하는 두 가지 방법

"죄송합니다만~"이라는 말을 달고 살던 인턴 시절, 한 선배가 회식 자리에서 이렇게 말한 적이 있습니다.

"보니까 넌 너무 친절한 게 문제야. 알아?"

당연히 모르죠. 무슨 말인지 이해가 안 됐습니다. 친절한 게 도대체 왜 문제지요? 하여튼 이처럼 수수께끼처럼 한 마디 던지고 가버리는 사람은 법으로 제재해야 합니다. 뭐라 할 거면 설명을 제대로 해주든가, 안 해줄 거면 이왕 참아온 거 끝까지 참든가⋯⋯

그 말의 진짜 뜻을 알게 된 건 제가 직장생활 삼 년 차쯤 되었을 때 한 대학생 인턴을 보면서였습니다. 짧은 단발에 웃을 때 눈을 찡긋하는 버릇이 있던 그는 전혀 그럴 필요가 없는 일에조차 죄송하다고 습관적으로 말해서 안타까웠습니다. "죄송한데 이거 좀 확인해주실 수 있으세요?" "죄송한데 지금 통화 가능하세요?" 저는 그 친구에게 말했습니다.

"겸양이 지나치면 자신감 없어 보여요. 굳이 스스로를 깎아내리지 마세요. 앞으로는 생각해보고 정말 죄송할 때만 죄송하다고 하세요."

심지어 업무상 잘못이나 실수가 있었을 때조차 상사나 동료들이 제일 듣고 싶은 말은 죄송하다는 사과가 아닙니다. 그래서 어떻게 할 건지 대처와 해결책이 궁금하죠. 죄송하다는 말은 꼭 필요할 때만 하고, 뒷이야기를 준비하는 게 좋습니다.

제 생각에는 문제가 생겼을 때 대안을 제시하는 말하기 외에도 신경써야 할 두 가지가 더 있습니다.

우선 잘못을 한 당사자라면 일반적으로 쓰이는 말일지라도 자기 입장에서 써도 되는지를 생각해보고 말해야 합니다. 아이들이 놀이터에서 놀다가 A가 B를 때린 경우, A의 부모는 "죄송합니다. 다음에 그러지 않도록 제가 가르치겠습니다"라고만 하면 됩니다. 이럴 때 A의 부모가 "아이들이 놀다보면 그럴 수도 있지요"라고 하면 싸움이 됩니다. 또 잘못한 사람이 사과를 하다가 상대가 잘 받아주지 않는다고 해서 "이 정도 했으면 충분하지 않아?"라고 하면 화르르 불꽃이 옮겨붙습니다. "아이들이 놀다보면 그럴 수 있지요. 괜찮습니다"나 "이 정도로 했으면 충분해. 괜찮아" 같은 말은 사과받는 사람이 하는 것이지, 사과하는 사람이 쓸 수 있는 언어가 아닙니다. 이걸 헷갈리는 분이 꽤 많은 것 같습니다.

다음으로 피해야 할 말은 가정법입니다.

"기분 나쁘게 했다면 미안해" "오해하게 했다면 사과할게" "불편하게 해드렸다면 죄송합니다" 같은 말은 듣는 이로 하여금 진심도 없으면서 상황을 빨리 모면하려고만 든다는 생각을 하게 만듭니다. "기분 나쁘게 해서 미안해" "오해하게 해서 미안해" "불편을 드려 죄송합니다"라고 확실히 말할 수 있어야 합니다. 그렇게 말할 수 있을 만큼 책임 소재가 명확하지 않은 상황이라면 차라리 선명해질 때까지 사과를 미루는 게 낫습니다. 사과를 남발할수록 내 말은 가벼워집니다.

우리는 어릴 때 "잘못하면 (부모님이나 선생님이나 경찰 아저씨한테) 혼난다"라고 교육받았습니다. 그 때문인지 어떤 문제가 발생하면 일단 혼이 난다고 생각하는 듯합니다. 그러나 조직에서 문제가 발생했을 때 상사는 후배를 꾸짖거나 탓하기 위해서가 아니라 어떻게 해결하면 될지에 대한 입장을 들으려고 보고를 받습니다. 조직밖에서도 마찬가지입니다. 문제가 발생했을 때 필요한 말은 사과보다는 향후 같은 실수를 반복하지 않기 위한 계획입니다.

"또 술 먹고 새벽에 들어왔네?"라는 질타에 "아이, 미안해. 다음에 또 그러면 내가 개다" 같은 답을 했다고 가정해보죠. 이 경우 대개 다툼으로 이어지며 감정 소모가 길어지는 이유는 한쪽이 자기가 혼이 난다고만 생각해서 즉흥적인 사과나 비현실적인 대책을 내놓았기 때문이지요. '문제가 생기면 → 혼난다'라는 반사적인 사고의 흐름을 '문제가 생기면 → 해결 방법을 찾는다'로 바꿔야 합니다. 그렇게 되면 사과는 덜 하면서 신뢰는 더 쌓을 수 있습니다. 이걸 사회 초년생일 때 알았으면 좋았을 텐데 꼰대가 되어서야 깨달아버렸네요. 하지만 괜찮습니다. 잘못은 꼰대도 자주 하니까요. 이제라도 의미 없는 사과보다는 현실적인 해결책을 이야기하면 되지요.

위로에 필요한 건
'기술'이 아니라 '기다림'

누군가를 축하하는 일은 비교적 쉬운 듯합니다. 위로하는 일
에 비하면요. 칭찬이나 축하의 메시지를 보낼 때는 이모티콘과 수
십 개의 느낌표로 격한 마음을 전할 수 있습니다. 반면 위로를 건네
고자 할 때는 요리조리 머리를 굴려봐도 모두 시원찮게 느껴져 답
답함이 밀려오곤 합니다.

최근 가까이 지내는 친구에게서 메시지가 왔습니다. 그에게
는 오래 염원하고 시도하던 일이 있었고, 저도 곁에서 지켜보며 응
원해왔어요. 하지만 메시지는 나이 제한 때문에 올해가 마지막이
라 여기고 절실하게 바라고 노력했던 일이 또다시 실패로 돌아갔다

는 내용이었습니다. 전화를 걸었는데 목소리가 잠겨 있는 것이 꽤 오래 운 듯했습니다. 분명 다음이 또 있을 거라고, 몸 상하니까 일단 밥을 꼭 챙겨 먹으라고 당부하고 나서 전화를 끊었죠. 통화를 마친 후에도 뭔가 미진하다 싶었습니다. 조금이라도 힘을 주고 싶은 마음에 다시 휴대폰을 들었는데 이미 한 말 외에 더 좋은 표현이 좀처럼 떠오르지 않더군요. 고심 끝에 힘주어 쓴 메시지는 다 뻔해 보였고, 결국 망설이다가 모두 지워버렸습니다.

제가 가지고 있는 위로의 단어가 왜 이렇게 빈약할까 한탄하던 중이어서였을까요? 주말에 공원을 찾았다가 벌써 단풍이 알록달록하게 물들었다고 놀라워하던 뒤라서일까요? 잊고 있었던, 십 년도 더 넘은 일이 불현듯 생각났습니다.

스물여덟 살의 가을, 저는 등산화도 없이 주말마다 전국의 명산에 올랐습니다. 갑자기 등산에 취미를 붙여서는 아니었고 그저 도망치던 중이었어요. "걔 말고도 세상에 남자 많다"라는 말이 너무 지겨워서 피신하던 참이었습니다.

그해 여름, 열렬히 좋아하며 사귀던 남자에게 일방적으로 이별 통보를 받은 저는 배신감에 휩싸여 정신을 차리지 못하고 있었습니다. 퇴근 뒤 집에 갈 때는 눈물이 자꾸 나는 바람에 버스를 타지 못하고 휴지를 양손에 둘둘 말아 쥔 채 걸어가야 했죠. 십대에 한 첫사랑도 아닌데 왜 그렇게 절절 끓었나 생각해보면 운명이라고 착각했던 것 같아요. 우리는 운명이라고 절실하게 믿고 싶어서 모든 사소한 우연들을 인연이라고 포장했고요. 그는 제가 처음으로 결혼을 진지하게 생각하게 한 남자였고, 이성과도 비슷한 취향을 소재로 대화할 수 있음을 알려준 사람이었습니다. 연애하는 내내 상공에 있었던 만큼 헤어진 뒤에는 안전장치 없이 나락으로 굴러떨어진 느낌이었죠. '네가 어떻게 나한테 그럴 수 있어!'라는 유치한 대사를 매일 되뇌며 몇 달을 보냈어요.

그 사람을 어떻게 잊어야 하는지, 지금이라도 붙잡아야 하는 건지 아닌지 몰라서 주변 사람들에게 묻고 다녔습니다. 너무 불안해 보였는지 사람들이 말했어요. "어떻게 하든 네 선택이지만 너무 절절매지는 말라"고. "지금은 그 사람이 아니면 안 될 것 같지만 세상일이 그렇지가 않다"고. 그때 "세상에 남자 많아"라는 말을 수십 번 들었습니다. 당시에는 너무 매정하게만 느껴졌죠. 세상에 남자야 많겠지만 내가 원하는 남자는 한 명뿐이므로 뭉툭한 일반론이라 여겼고, 내 마음을 몰라주는 성의 없는 말이라는 생각에 서운함을 느낄 때도 있었습니다.

이제 그만 좀 하자고 마음을 다잡아갈 무렵 템플스테이를 처음 알게 되었습니다. 1박 2일 동안 명상을 하고, 108배를 하고, 스님과 차담을 하는 것이 주요 프로그램이었어요. "새벽 네시쯤 일어나 절 내에 울려퍼지는 종소리를 듣고 새벽 공기를 마시면 복잡한 잡념을 몰아내는 데 도움이 된다"는 추천에 서울 근교의 절부터 시도

해보았습니다. 실제로 일정에 맞춰 밥을 먹고 차를 마시고 절을 하고 산책을 하다보니 스스로가 자그맣게 보여서 좋더군요. 내가 별것 아니게 되니, 내가 지닌 고민도 별것 아닌 게 되어서 좋았어요. 괴로움 대부분이 실제보다 더 크게 느껴져서, 커다란 괴로움에 압도되어서 더욱 힘들기도 한 법이니까요.

절마다 밥맛만큼이나 프로그램도 달라서 여기저기 체험해보는 재미도 있었습니다. 고양시에 있는 홍국사로 시작한 템플스테이 투어는 강릉의 현덕사, 평창의 월정사, 양양의 낙산사, 강화도의 전등사, 남양주의 봉선사, 고창의 선운사 등으로 계속해서 이어졌어요. 템플스테이에서 처음 만난 사람들과 다음 장소는 어디인지를 이야기하다가 전북 김제시에 있는 금산사를 알게 되었어요. 문화 체험을 통해 마음을 치유한다는 기조 아래 명창의 소리와 피리 연주 등을 함께하는 프로그램을 운영한다는 점에 매혹되었습니다. 특히 콘서트를 처음 시작한 스님이 불자들 사이에서 굉장한 존경을 받고 있다는 이야기에 솔깃했지요.

'내비둬'라는 프로그램 이름처럼 그 내용도 역시나 독특했습니다. 스님과 뮤지션이 함께하는 토크콘서트에 참석하는 것 외엔 별다른 프로그램이 없었어요. 108배나 염주 꿰기 같은 것도 하지 말고 그냥 실컷 쉬라고만 하더군요. 절에서 키우는 강아지를 한참 만지고 개울가에 발도 담그고 경내를 산책하다가 시간을 맞추어 법당에 다소곳하게 앉았습니다. 감색의 가사를 걸치고 정좌하고 있던 스님은 과연 듣던 대로 눈빛부터 범상치 않았어요. 그저 흘러가는 대로 내버려두라는 '내비둬 정신'에 대해 한참 고개를 끄덕이며 들었죠. 그 와중에 피리 소리가 울려퍼지다가, 저멀리 종이 보이다가, 개가 짖다가, 시골 특유의 나무 타는 냄새가 코를 찔러오다가 했습니다. 유독 홀린 듯이 몽롱한 가을밤이었죠.

모든 공연이 끝나고 사람들이 밖으로 나갔습니다. 저는 자리를 뜨지 못하고 가만히 앉아 있었어요. 얼마나 그러고 있었을까요. 어느덧 법당 내에는 스님과 저 둘만 남게 되었습니다. 잠시 후 스님이 가까이 와서는 호랑이 같은 눈으로 저를 쳐다보더니, 강렬하지만 차갑지 않은 눈빛으로 말을 걸어왔습니다.

"뭐 힘든 거 있나?"

저는 맺혀 있던 이야기를 주절주절 꺼냈습니다. 사랑했던 남자에게 일방적으로 이별을 통보받았다고요. 이제 누구와도 다시 시작할 수 없을 것 같다고요. 처음에는 그에 대한 미움이 컸는데, 이제는 스스로에 대한 미움으로 옮겨지고 있고, 자기혐오의 밤이 이어져 괴롭다고 말했습니다.

스님은 이야기를 중간에 끊지 않고 가만히 고개를 끄덕이며 귀 기울여주었습니다. '아까 다 내버려두라고 한 내 말을 제대로 안 들은 거냐'고 호통치지 않고 묵묵히 끝까지 들어주었습니다. 제가 마음에 있던 말을 모두 토해내고도 한참 후에야 스님이 물었죠.

"하고 싶은 말 다 했어?"

그렇다고 말하는 제 눈에서 굵은 눈물이 뚝뚝 떨어지자 스님은 제 양팔을 꼭 잡고 격려하듯 툭툭 쳤습니다. 그리고 천천히 한 마디 한 마디 힘주어 이렇게 말했어요.

"울지 마라. 세상에 남자 많―다."

눈에 눈물이 가득 고인 채로 웃음이 나왔습니다. 지겹다고 느꼈던 이 말이, 그동안 영혼 없다고 느꼈던 이 말이 스님의 입에서 나오자 전혀 다른 의미로 들렸어요. 그때 무언가 탁 하고 떨어져나가는 소리를 들은 것도 같습니다. 왠지 홀가분해진 저는 "귀한 말씀 들려주셔서 감사하다"고 꾸벅 고개 숙여 인사를 하고 돌아 나왔지요.

같은 말인데 스님의 이야기는 왜 그렇게 다르게 들렸을까요? 당시에는 메시지보다 메신저의 힘이 훨씬 크기 때문이라 생각했습니다. 메신저의 카리스마가, 권위가 크니까 뻔한 메시지도 그럴싸하게 느껴지는 거라고요. 누군가에게 힘있는 말을 하고 싶으면 먼저 힘있는 사람이 되어야겠다고 불끈 다짐도 했죠. 그러고선 그 일을 완전히 잊고 지냈어요. 이후 저는 다른 남자를 만나 결혼을 하고 아이를 낳았지요. 스님이 지금의 저를 보신다면 "거봐라, 내 말이 맞지?" 하면서 웃으실 것 같아요.

'마음'이 '말'이 되는 순간

스님과의 일화를 뒤늦게 찬찬히 회상하니 당시엔 미처 깨닫지 못한 부분들이 번뜩 떠올랐습니다. 스님의 이야기가 제게 와닿은 이유는 단순히 메신저의 오라 때문만은 아니었어요. 그 말이 그렇게나 폐부를 찔렀던 이유는 일단 제 마음이 변했기 때문이었습니다. 이제는 충분하다고, 이로써 그만해야겠다고 스스로를 설득하던 시기에 만난 말이었기에 그토록 와닿았던 겁니다. 같은 위로의 말이더라도 스스로 충분한 애도의 시간을 겪지 못했을 때는 튕겨내버리다, 마침내 흡수할 준비가 되었을 때는 귀에 들어오고 마음에 내려앉은 거죠. 그러니 위로의 말이 닿는 데는 일정한 시간이 필요하다는 사실을 기억해야 해요. 물방울이 바위를 뚫듯이, 진눈깨비에서 시작한 눈이 새벽 내내 쏟아져 발이 푸욱 잠기듯이. 어느 한 사람이 아무리 고심해서 회심의 한마디를 던진다고 해도 마음의 준비가 되지 않은 사람에겐 전혀 통하지 않습니다. 여기저기서 비슷한 말의 타일을 하나하나 충분히 붙여주었을 때라야 그 말이 힘을 지닐 수 있죠.

결론이 거기에 다다르자 아까 너무 진부하다고 느껴 지워버린 글자를 한 자 한 자 다시 써 보내기로 했습니다.

"힘내. 이번이 절대 끝이 아니라고 빌어. 기운 차리고 그 금만

쉬었다 다시 해보자. 응원할게. 언제든 필요하면 또 연락해."

위로의 핵심은 디테일한 표현력에 있는 게 아닙니다. 비루한 표현이라도 쌓이고 쌓여 언젠가 연결되길 바라는 간절함에 있습니다. 어떻게 조언을 하느냐보다 얼마나 집중해서 들어주느냐가 중요하고요. 그 두 가지를 충족한다면 뻔해도 충분히 괜찮습니다. 뻔한 말로라도 위로해주고자 하는 진심은 다소 시간이 걸리더라도 그 사람에게 반드시 가닿으니까요.

나의 개성이자 한계선,

쪼

"저 사람은 특유의 쪼가 있어."

이런 말을 하거나 들을 때가 있습니다. '쪼'라는 말은 표준어
는 아닙니다만, 일반적으로 '개성' '특징' '습관' '아이덴티티'와 비
슷한 의미로 사용되지요. 칭찬에 사용되는 경우도 있지만 대개 부
정적으로 쓰입니다. 오디션 무대에 오른 한 지원자가 심사위원에게
"쪼가 너무 강한데?"라는 말을 듣는다면 안타깝지만 탈락할 확률이
높을 겁니다. "그 배우는 여전히 가수 할 때의 쪼를 못 버리더라고"
라는 말에서 짐작할 수 있듯이 '쪼'는 '굳어져 고치기 힘든 버릇'을
의미하곤 하죠.

사람들에겐 누구나 자주 쓰는 표현이나 언어 습관이 있습니다. 평소에는 숨쉬듯이 자연스럽게 말하는 것이기에 우리 스스로는 의식하지 못하는 경우가 많아요. 누군가가 "너는 이런 표현을 자주 쓰네"라고 말해주면 그제야 새삼스럽게 자신을 돌아보게 됩니다.

저는 남들과 대화를 하다가 "좀더 자세히 말해봐" "구체적으로 예를 들어줘" 같은 요청을 자주 합니다. 누군가에게 말을 하다가도 상대가 못 알아듣지는 않을지 걱정되고 조바심이 나서 꼭 자세하고 구체적이며 쉬운 예를 들어주려 하고요. 말을 하든 글을 쓰든, 남이 이해하기 쉽도록 구체적으로 표현해야 한다는 강박이 있습니다.

회사에 다닐 때는 후배들이 농담처럼 이렇게 지적해준 적이 있습니다.

"선배는 '힙하다'는 말을 심하게 많이 써요."

제가 후배들만 보면 "요즘은 뭐가 힙해?" "좀 힙한 기획 없어?" 같은 말을 수시로 한다는 거였죠. '힙하다'의 '힙'은 '힙스터'에서 나온 말인데 요즘은 별로 쓰지 않는 표현 같아요. 잘 아시겠지만 요즘 힙한 게 뭔지 묻는 사람은 애초에 힙한 사람이 아닙니다…… 잡지사 기자로 시작해서 이후에는 디지털 콘텐츠를 기획했기 때문에 저는 매주 기획회의에서 최신 트렌드를 공유하곤 했습니다. 혹시 내가 유행에 뒤처지는 건 아닌가 미어캣처럼 시종일관 두리번거렸습니다. 성수동이니 한남동이니 합정동이니 하는 동네에 생겨나는 인기 있는 곳들에 숙제하듯 들르곤 했죠. 그때는 무언가를 좋다고 판단하는 핵심이 오직 '힙한지(젊고 신선한 감각이 있는지) 아닌지'에 맞춰져 있었습니다.

'솔직히 말해서' '~인 것 같아요'

이처럼 한 사람이 자주 쓰는 표현이나 언어 습관은 그가 평소 관심을 기울이고 내면에 쌓아둔 것들을 자연스럽게 밖으로 꺼내어 보이는 매개가 됩니다. 여기서 말은 강렬한 존재감을 과시하게 돼요. 우리는 어떤 생각을 하기 때문에 특정한 언어를 자주 쓰기도 하지만, 특정한 언어를 자주 쓰다보면 그렇게 입밖으로 나온 말이 내 생각을 사로잡아 지배하는 경우도 많거든요. 원하면 모두 이루어진다는 '시크릿' 유의 주장을 하려는 건 아닙니다. 우리가 자주 하는 말들은 최초에는 무의식의 영역에서 입밖으로 튀어나오죠. 그러다 오래 입은 잠옷 같아진 말을 계속해서 쓰다보면 그 말이 자꾸만 자기 귀에 들림으로써, 말이 드리운 자장 속에 스스로를 가두는 경우가 생긴다는 사실을 강조하고 싶습니다. 예를 들어 처음에는 그저 걱정되는 마음으로 "잘 안 되면 어쩌지" 같은 말을 하다가, 그 말을 자꾸 입밖으로 내다보니 어느새 정말로 잘 안 될 거라는 부정적인 예감에 휩싸이고 만 경우가 있지는 않은가요? 심지어 그러다 할되지 않을 거라며 포기해버리고 만 적은요?

내가 자주 하는 생각에서 자주 쓰는 언어가 생겨나는데, 그 특정한 언어를 반복해 사용하다보면 결국 그 언어가 나의 정서를 지배하는 '전이 현상'이 일어납니다. 그렇기 때문에 자신의 언어적 쪼를 정기적으로 점검해볼 필요가 있습니다. 저는 자주 제 언어 습관을 한 번씩 체크해봐요. 그중 특히 부정적인 이미지를 남기는 말버릇이 있다면 교정하려고 노력합니다. 아예 쓰지 않기는 어렵지만, 되도록 사용하지 않으려고 의식하기만 해도 확실히 빈도가 줄어들더군요. 지금까지 제가 쓰지 않기로 결심하고 거리를 두고 있는 말과 언어 습관에는 대표적으로 이런 것들이 있습니다.

우선 '솔직히 말해서'라는 말을 쓰지 않으려 노력한 지 오래되었습니다.

어릴 때 제 주변의 어른들은 '솔직히 말해서'로 말을 시작하곤 했습니다. 처음에는 그 표현이 소탈하게 느껴져서 따라 쓰곤 했죠. 하지만 언제부턴가 이 말 뒤에는 꼭 부정적인 토로가 따라붙는다는 사실을 알게 되었습니다. "기분 나빠하지 말고 들어"라는 말의 다음에 무조건 기분 나쁜 말이 이어지는 것과 비슷한 이치죠. "솔직히 말해서" 다음에는 반드시 "그 사람은 별로야" "이건 아닌 것 같아" 같은 말이 나오더라고요. 남을 평가하는 말하기, 비난하는 말하기가 관용적으로 들러붙는 것입니다. 이런 말을 자주 하는 사람을 보고 있으니 속으로 '그럼 평소에는 솔직하지 않았단 말이야?' 하는 의구심이 생기기도 했습니다. 결국 이 말을 전제로 한 뒤 해야 할 말이면 입밖에 내지 않는 편이 낫다는 결론에 이르게 되었습니다.

'~인 것 같아요'라는 표현은 대학에 입학한 뒤부터 쓰지 않으려 노력했습니다.

대학생이 되니 전과 달리 발표할 일도 많고 토론할 일도 많았습니다. 선배들이나 동기들을 관찰해보니 유독 이유 없이 웃으면서 말하거나 "제가 잘은 모르지만~" "~인 것 같아요"라는 말을 쓰는 사람들이 있더라고요. 자기 생각을 너무 세게 말하는 듯해 걱정될 때, 적당히 말랑해 보이는 언어 쿠션을 끼워넣는 것이죠. 심지어 "배가 고픈 것 같아요" "기분이 좋지 않은 거 같아요" 등 자신이 정확히 알 수 있는 상태에 대해서까지 습관적으로 '~같아요'라는 표현을 쓰는 경우도 적지 않았는데요. 이런 언어 습관은 결국 자기도 모르는 사이 회피적 성향을 키우는 데 일조하는 듯 보였습니다. 교수들 또한 우리가 이런 말을 자주 쓰는 걸 보고 '~인 것 같아요'라는 말로 자기 의견을 무기력하게 피력해서는 안 된다고 여러 번 강조했습니다. 모른다는 말은 정말로 모르는 경우에만 써야 한다는 사실을 깨닫고 이후 의식적으로 피해왔던 언어 습관입니다.

말하는 사람을 자신 없어 보이게 하는 데에는 '~인 것 같아요'

뿐 아니라 말끝을 흐리는 습관도 한몫합니다.

이 습관을 개선하게 된 결정적 이유는 직장인으로서 프로페셔널해 보이고 싶었기 때문입니다. 직장 동료들을 지켜보니 어쩐지 소심해 보이고 자신감이 부족하게 느껴지는 사람들은 말끝을 흐리는 경우가 많았습니다. 그리고 회사에서 그건 단순히 성격으로 여겨지지 않았어요. 스스로 준비되지 않은 상태임을 자백하는 것으로 오해받는 경우가 많았습니다.

'입니다' '합니다' 하고 말끝을 힘주어 마무리해야만 발언에 힘이 생겨납니다. 우리는 이렇게 말하는 사람을 볼 때 신뢰감을 느낍니다. 무슨 의미인지 잘 이해되지 않는다면 말하기를 업으로 삼은 성우나 강사들이 말끝을 어떻게 처리하는지 유심히 들어보시길 추천합니다.

물론 고치고 싶다고 해서 다 고칠 수 있었던 것은 아닙니다. 특히 글을 쓸 때면 주제를 분명하게 써야 한다는 생각, 내가 깨달은 것을 독자들에게도 알려줘야 한다는 이상한 압박감 때문에 자꾸만 비슷비슷한 구성을 취하게 됩니다. 밑줄을 쳐주고 싶어하고 주절주절 부연해서 설명하려고 하는 습관을 여전히 버리지 못했습니다. 이것들은 저의 내면에 너무 단단하게 결박돼 있어서 개선에 상당한 시간이 필요해 보입니다.

하지만 일단 자기의 쪼를 알고, 그 쪼가 자기만의 개성이 되기도 하지만 또다른 세계로 넘어가는 데 제한이 되기도 한다는 사실을 알면, 그중에서 가장 치명적이라고 생각하는 습관부터 서서히 고쳐나갈 수 있으리라 믿습니다. 자주 사용하는 언어적 지문을 정기적으로 체크하면서 내가 무엇을 중시하는지, 그 때문에 어떤 표현을 자주 쓰는지, 앞으로는 어떤 표현을 사용하는 사람이 되고 싶은지 꾸준히 고민하고 수정하며 발전시켜나가면 좋겠습니다.

좋은 언어 습관은 늘리고
나쁜 언어 습관은 줄이는 훈련법

....

말하기

• 하고 싶은 말을 사전에 한마디로 요약해보기 •

말을 길게 하는데 핵심이 잘 잡히지 않는 사람이 있습니다. 평소 생각중인 사안이 많거나 두뇌 회전이 빨라서 대화 주제가 널뛰기를 한다면 수다스럽다는 오해를 받기 쉬우니 간명하게 말하도록 노력할 필요가 있습니다. 특히 긴 발표를 할 때는 사전에 그 내용을 한마디로 요약해보세요. 출구를 잊지 않고 있으면, 중간에 예기치 못한 문제가 생기거나 잠시 막혀서 시간이 평소보다 더 걸리더라도 마침내 목적지로 갈 수 있습니다.

• 두괄식으로 말하기 •

부정적인 상황일수록 결론부터 먼저 말하고 이유나 해결 방법을 덧붙이기를 추천합니다. 좋은 상황이라면 뜸을 들여도 상관없지만, 그렇지 않다면 면피를 위해 말을 빙빙 돌린다는 인상을 줄 수 있거든요. "그 일은 어렵게 되었어요. 왜냐하면~"의 구조로 상대가 궁금해할 내용을 먼저 말하되 육하원칙(누가, 언제, 어디서, 어떻게, 무엇을, 왜)에 입각해 설명해야 합니다. 그러기 위해서는 상대가 무엇을 가장 중요하게 생각할지 파악해야 하는데, 평소 입장을 바꿔 생각해보는 연습을 하면 도움이 될 거예요.

• 토크쇼 진행자나 게스트의 태도와 표현 세심하게 보기 •

토크쇼 진행자는 처음 만난 사이더라도 편안한 분위기를 만들면서 질문을 이끌어가곤 하는데요, 그래서 이런 프로그램에는 참고할 만한 표현이 많습니다. 특히 티브이 토크쇼는 전문 작가가 게스트에 대한 사전 조사를 거친 후 인터뷰 대본을 구성하기 때문에 대화의 기승전결이 자연스러워요. 어떤 질문으로 시작해 어떤 질문으로 끝내는지 유심히 보고, 실제 대화 때 적용하면 훨씬 풍성하고 깊이 있는 이야기를 나눌 수 있습니다. 또 게스트의 응답 태도에서도 닮고 싶거나 반대로 반면교사 삼을 만한 모습이 자주 나오니 주의깊게 살펴보세요.

• 일상 혹은 드라마·예능 속 좋은 표현 기억해두기 •

드라마 〈정신병동에도 아침이 와요〉를 재미있게 봤습니다. 특히 의사가 환자에게 어떤 말을 듣더라도 진료실 안에서는 절대 평가하거나 부정하지 않고 "그런 기분이 드셨군요" "그런 생각을 하게 되신 이유가 있을까요?" "그럼 어떻게 하면 좋을 것 같으세요?" 같이 상대가 스스로 생각해보게끔 질문을 던지는 모습이 인상적이라 머릿속에 남겨두었어요. 〈윤식당〉이라는 예능 프로그램에서는 주방 보조 역할인 정유미가 대선배 윤여정에게 "~ 할까봐요"라는 말투로 공손히 의견을 표명하는 건 기억해두어다가 대하기 어려운 사람에게 뭔가를 제안할 때 활용했습니다. 이처럼 어디에서든 배우고 기억하고 활용해보는 태도가 중요하다는 이야기를 드리고 싶네요.

• 사회과학 도서 읽기 •

모든 책은 말하기에 도움이 되지만 좀더 구체적으로 꼽는다면 사회과학 도서를 추천하고 싶습니다. 사회과학 도서는 구체적인 현실에서 이야기를 시작해 우리를 고민의 길로 이끌어 결국 사고의 영역을 넓히도록 만들어주거든요. 좋은 말하기의 관건은 나의 이야기를 얼마나 구체적이면서 신선하게 펼치느냐에 달려 있는데, 이는 사회과학 도서의 이야기 전개 방식과 매우 깊은 연관이 있습니다. 더불어 저자가 다양한 근거를 통해 주장을 펼치거나 설명하는 도서를 읽다보면 일상을 낯설게 사유해보며 논리를 키울 수도 있죠.『이상한 정상가족』『선량한 차별주의자』같은 책들을 추천해드려요.

글쓰기

• 소설 읽기 •

사회과학 도서를 통해 논리를 키울 수 있다면 소설을 통해서는 모국어로 된 문장 자체의 아름다움을 만끽할 수 있습니다. 소설가 김훈이 '꽃이 피었다'로 할지, '꽃은 피었다'로 쓸지 한참 고민했다는 유명한 일화처럼 모국어를 최대치로 사용하기 위해 고민하는 언어 예술가의 결과물을 자꾸 접하다보면 글쓰기가 늘 수밖에 없지요. 안목은 실력보다 먼저 발전한다는 사실을 기억해주세요. 내 결과물은 안목 뒤에서 졸졸 따라갈 수밖에 없으므로 일단 기준을 자꾸 높여둬야 하는 거죠. 장인이 세공한 글을 질투하다 좌절하더라도 눈을 부릅뜨고 봐야 합니다.

• 핵심 장면을 떠올리고 그 상황을 묘사하는 데 집중하기 •

한 소설가에게 "초심자에게 소설 쓸 때 이것만은 명심하라고 알려주고 싶은 게 있다면 무엇일까요?"라고 물어본 적이 있습니다. 그는 잠시 고민하더니 "핵심 장면을 끝내 놓지 않아야 해요. 소설을 쓰기 전부터 그걸 떠올리고 그 묘사를 위해 달려가야 해요"라고 답해주었어요. 소설뿐 아니라 에세이 같은 다른 글을 쓸 때도 적용되는 이야기입니다. 목걸이와 귀걸이, 반지, 팔찌를 주렁주렁 차고 있으면 어떤 액세서리도 돋보이지 않지요. 마찬가지로 핵심적인 에피소드를 위해서 다른 장면이나 이야기는 일부러 힘을 빼거나 느슨하게 해두었다가 에너지를 쏟을 부분에 집중해야 합니다. 공포영화는 러닝타임 내내 소리지르게 만들지 않고 코미디 영화도 내내 웃기지 않는다는 사실을 떠올려보세요. 강조할 순간을 머릿속에 넣어두고 다른 이야기들은 그 부분을 위해 템포를 조절할 필요가 있습니다.

• 초고는 한 번에 쭉 쓰기 •

수십 강 분량의 소설이나 드라마를 집필하는 게 아니라면 초고는 한 번에 쓰는 게 좋습니다. 이는 A4 네 장 내외로 쓰이는 글이라면 대부분 적용되는 지침입니다. 어떤 이야기를 풀어낼지 충분히 생각했거나 자료 조사를 마쳤다면 처음 쓰는 원고는 거칠더라도 특정한 흐름을 만들며 완성되거든요. 즉 준비는 충분히 시간을 들여서 하되, 글은 한 번에 쭉 나아갈 필요가 있다는 이야기입니다. 자료 조사를 마쳤는데도 글이 써지지 않는다면 무슨 말을 하고 싶은지 정해지지 않은 경우라고 생각해야 합니다. 어떤 이야기를 쓸지 미리 생각했는데도 글이 풀리지 않는다면 뒷받침할 근거나 에피소드가 부족한 경우라고 판단해야 하고요. 노트북으로 글을 쓰는 단계는 손가락이 생각을 받아 적는 상태임을 기억해주세요. 초고를 한 번에 쭉 쓸 수 있다는 건 준비한 자료나 메시지가 일련의 과정을 거쳐 충분히 숙성되었다는 뜻이고, 그만큼 가독성이 보장된다는 의미입니다. 숙성되지 않은 상태로 글을 쓰다보면 재능이 없는 자신을 미워하다 결국 그만두기 쉽습니다. 생각은 자주 멈춰가며 지속하되 일단 책상에 앉으면 단번에 끝내길 권해드립니다.

• 초고를 완성했다면 수정은 최소 하루가 지난 뒤에 하기 •

초고를 거칠게 쓰고 난 뒤에는 본격적으로 지난한 수정이 시작됩니다. 이때 최소 하루가 지나서 수정을 진행하는 것이 중요합니다. 글을 쓴 직후에는 흥분이 남아 있는데다, 공들여 쓴 글이 자신의 일부처럼 느껴지기에 단점이 잘 보이지 않거든요. 설사 단점이 눈에 띄더라도 고치기가 아까워서 수정이 어려울 때가 많습니다. 최소 하루가 지난 뒤 자신의 원고를 보면 조금은 객관화된 시각에서 고칠 점을 파악할 수 있죠. 출력해서 보면 제일 좋지만 여의치 않다면 PDF로 변환해서 다소나마 낯선 상태를 만들어두고 계속해서 고쳐보세요.

• 완성 후엔 소리 내어 읽어보기 •

초고를 완성하고, 수정을 거쳐 어느 정도 완성되었다면 반드시 소리 내어 읽어보세요. 눈으로만 읽을 때는 보이지 않았던 비문, 어색한 문장, 부자연스러운 흐름들이 입으로 소리 내 읽고 귀로 듣다보면 쉽게 발견됩니다. 턱턱 막히는 부분이 있다면 수정이 필요하다는 표지인데요. 좋은 글은 소리 내 읽을 때 매끄러운 호흡으로 스르르 이어지기 때문입니다.

'평범함'이라는
특별함

매년 에세이 쓰기 워크숍을 꾸준히 열고 있습니다. 책 읽는 사람들은 점점 줄어든다는데, 책을 내고 싶어하는 사람들은 갈수록 늘어나는 듯합니다. 첫 수업에서 가장 많이 받는 질문은 이것입니다.

"어떻게 하면 에세이를 잘 쓸 수 있을까요?"

보통 이렇게 막연한 질문을 하는 사람은 초심자일 가능성이 큽니다. 영어 실력이 좋은 사람이 "어떻게 하면 영어를 잘할 수 있을까요?"라고 묻지 않듯이, 질문이 뚜렷하지 않다는 건 내용을 잘 모르고 있다는 뜻이기도 하니까요. 초심자를 만나면 먼저 일기와 에세이부터 구분하라고 당부하곤 합니다.

"자기 이야기를 본격적으로 써보고 싶다면 에세이를 쓰세요. 일기를 쓰지 마시고요. 이 둘에는 분명한 차이가 있습니다. 일기는 혼자서 보고 마는 글이지만 에세이는 불특정 다수에게 공개하는 글입니다. 일기에는 감정의 토로만 있어도 괜찮지만 에세이에는 그 이상의 내용이 담겨 있어야 합니다. 글쓰기 전 어떤 에피소드를 담을지만 고려하지 말고 그 에피소드를 통해 독자에게 무엇을 전달하고 싶은지 생각해보세요."

이십대 중반에 겪은 일입니다. 잡지에 발표했던 글을 인상 깊게 읽었다면서 저를 만나보고 싶다는 출판사 편집자들을 소개받았습니다. 그때 몇몇 편집자들에게 받은 피드백은 대개 이런 결론으로 귀결되었습니다.

"개인적으로는 당신의 글을 좋아하지만 책을 만든다고 했을 때 세일즈 포인트가 잘 보이지 않는다. 가능성은 있지만 조금 더 지켜보려 한다."

당시에는 문장을 더 훈련해야 한다는 뜻으로 받아들였지만 이제는 속뜻을 이해합니다.

"당신은 저자로서 인지도나 개성이 크지 않은 상태에서 자기만족적인 일기를 쓰고 있다."

'나'가 '우리'가 될 때, 공감의 시작

이십대 중반까지 썼던 글들을 다시 보면 세상을 향한 분노와 괴로움, 도무지 이해되지 않아 의아함을 토로하는 문장으로 가득합니다. 그때는 독자에게 무슨 이야기를 하고 싶은지 생각하지 못했죠. 하고 싶은 이야기를 솔직하게 적는 일이 훨씬 더 중요했습니다. 어떤 글을 써야겠다는 목적이 있어서가 아니라 뭐든 쓰지 않으면 돌아버릴 것 같아서, 치밀어오르는 분노로 새벽에 이리저리 끄적인 글도 많습니다.

그때를 반성한다거나 후회한다는 말을 하고 싶은 게 아닙니다. 펄펄 끓는 글을 새벽에 써야만 했던 시기도 분명 필요했습니다. 글을 쓰고자 하는 사람들은 대부분 내면에 해결되지 않는 응어리를 하나씩 품고 있는 경우가 많아요. 그렇기에 대개 한 번쯤은 이런 과정을 겪습니다. 아니, 겪고 지나가야 합니다. 어떤 상황에만 몰두해 스스로 해석해보는 과정이 필요하며, 그렇게 밀도 높은 시간을 겪고 그 이야기를 이젠 충분히 했다 싶을 때라야 주위를 돌아보게 될 겁니다.

일기를 쓸 수밖에 없는 화의 시기에는 충분히 써내려가면서 자기 트라우마를 확인하는 작업이 도움을 줍니다. 어떤 때 특히 우울하거나 분노를 느끼거나 슬퍼지는지 기록해두고, 그 내용을 인과관계로 표현하는 연습을 해보면 전보다 객관적인 시각이 생겨납니다. 글로 쓴다고 실제론 달라지는 것이 아무것도 없더라도, 밖으로 꺼냈다는 자체로 마음이 한결 정화됩니다. 심지어 어떤 이야기는 아직 쓸 준비가 안 되었다는 사실을 확인하는 것만으로도 상처를 다독이는 연습이 됩니다. 작년에는 쓸 수 없던 이야기를 올해엔 할 수 있게 되는 경험이 쌓이면 지금 갇혀 있는 이야기에서도 언젠가는 벗어날 수 있으리라는 희망이 생기거든요.

그다음 단계로, '나는 이럴 때 이렇게 힘들어요'라는 자기연민의 일기에 '혹시 당신도 이럴 때, 이렇게 힘들지 않나요?' 하고 주변을 돌아보는 다정함이 담길 때, 그 이야기는 비로소 보편적인 에세이가 될 수 있습니다. 자기에 대한 관심만큼이나 타인과 세상에 관심을 가지게 되면, 공감대를 형성하거나 독자에게 화두를 던지는 방식을 시도해볼 수 있어요. 일기의 세계에서 충분히 자기를 탐구한 후 에세이의 세계로 넘어가보길 권합니다.

에세이 쓰기 워크숍에서 저는 일기를 에세이로 바꾸는 과정을 중점적으로 안내하고 있습니다. 한번은 삼십대 초반쯤 되어 보이는 여성이 엄마로 인해 받은 스트레스를 토로하는 글을 써왔습니다. 그의 엄마는 딸이 혼자 사는 집에 예고 없이 들러 반찬을 넣어두거나 대청소를 하고 갑니다. 최근에는 결혼정보회사에 대신 비용을 지불하고 가입해두었으니 주말마다 남자를 만나보라고 성화입니다. 그런 엄마를 마주할 때마다 짜증이 나는데, 한편으로는 미안하기도 해서 답답하단 내용이었습니다.

이 에피소드는 솔직하고 구체적이어서 좋았지만 자기 마음이 복잡하다는 데서만 끝나버려 아쉬움이 들었습니다. 어딘가 불편한 마음이 들었던 경험은 훌륭한 글감이지만 거기서 더 나아가지 못하면 독자들은 감정이입을 할 수 있는 여지나 새로운 시각을 선물 받기가 어렵습니다. 여기서 그칠 게 아니라 치밀어오르는 감정 속으로 잠수부처럼 깊숙이 내려가면 다른 사람과 함께 감상하기 좋은 무언가를 채취해올 수 있습니다. 독자들이 글 속 모녀 관계를 예외적이라고 느끼지 않고 자기의 상황과도 겹쳐볼 수 있다면 더욱 힘 있는 글이 될 것 같아 이렇게 제안했습니다.

"엄마의 행동에 단순히 싫은 감정만 드는 게 아니라 마음이 뒤죽박죽 괴로운 상황이네요. 한편으로는 고맙기도 하지만 답답하고 죄책감마저 드는 거죠. 좀더 들여다보면 '엄마는 내가 원치 않았던 걸 주면서 자신의 진심만 강조하고 감사를 강요하기 때문에' 힘든 것으로 느껴져요. 그처럼 우리가 살다보면 원치 않는 선물을 받을 때가 있잖아요. 특히 나를 좋아한다는 이가 그런 행동을 계속하면 곤란하죠. 어렵게 거절의 의사를 밝혔음에도 상대가 자기의 순수한 의도만을 강요하면 그때부터는 그걸 받아주지 못하는 죄책감까지 더해져 괴로워지잖아요. 그러고 보면 선물이라고 해서 다 좋은 게 아닌 듯해요. 그 에피소드로 시작해서 궁극적으로 선물에도 처치 곤란인 게 있다는 이야기를 해보는 건 어떨까요? 또는 사랑하면서도 죄책감을 느끼는 관계들로 주제를 살짝 옮기면 훨씬 더 많은 사람들이 공감할 것 같아요."

이처럼 사소하고 개인적인 이야기에서 시작해 다른 사람들이 공감할 만한 이야기로 확대하면 독자들을 전과 다른 새 관점으로 이끌거나 깊은 공감대를 끌어낼 수 있습니다. 충분히 공감한 뒤 '그때는 왜 그런 생각을 할 수 밖에 없었는지' '그렇다면 앞으로는 어떻게 해보면 좋을지' 독자들이 멈춰서 생각하도록 돕는 거예요. 이는 글쓰는 사람으로서 자기만의 인장을 남겨 차별화하는 힘이 되기도 하지요.

작가作家. 한자를 그대로 보면 집을 짓는다는 뜻인데, 일상의 에피소드는 재료일 뿐 그 자체로는 집이 되지 않습니다. 에피소드에 감정뿐 아니라 자기만의 해석이 곁들여져야 합니다. 특별한 경험을 해서 특별한 에세이를 쓰는 게 아니고 평범한 경험에서도 특별함을 뽑아내는 사람이 작가입니다. 그 사실을 알게 된 후 더이상 제가 가진 평범함을 콤플렉스로 느끼지 않게 되었습니다. 평범함도, 아니 오히려 평범하기 때문에 독자에게 설득력을 발휘하는 점도 많음을 체감했으니까요. 에세이를 써서 작가가 되고 싶다면 결말을 다시 한번 써보세요. 일기에서 에세이로 주제를 더욱 정교하게 다듬을 때 저자가 유명하지 않더라도, 독특한 경험이 없더라도, 독보적인 문체가 없더라도 그 글은 책으로 다시 태어날 가능성이 커지니까요.

기쁨과 슬픔

글쓰기 워크숍을 열면, 보통 첫 시간에는 자기소개를 한 뒤 에세이라는 장르 특성을 말하게 됩니다. 에세이와 일기가 어떻게 다른지 설명하고 꼭 덧붙이는 이야기가 있습니다. 에세이는 흑역사가 많은 사람에게 유리한 장르라고요. 그렇다고 단순히 실패담만 나열하라는 뜻은 아닙니다. 방황이나 괴로움을 극복하는 과정, 이전과는 다르게 해석할 수 있게 된 비결도 그만큼 중요합니다. 결국 좋은 에세이는 실패담인 동시에 성장담인 것 같아요. 노트북 앞에서 막막해하는 분들 앞에서 저는 에세이는 '그럼에도 불구하고'에 대한 기록이기 때문에, 평범한 사람이 오히려 잘 쓸 수 있다고 격려하곤 합니다.

두 달 과정의 글쓰기 수업을 새로 연 날이었습니다. 어색해하면서도 기대감에 차 있는 열네 명과 눈 맞추며 인사를 나누었어요. 에세이 장르의 특성을 설명하고 돌아왔는데, 며칠 뒤 수강생 한 명으로부터 낯선 메일이 하나 와 있었습니다. 그는 제 설명에 반발심을 느꼈다면서 앞으로 수업을 듣지 않겠다고 했습니다. 장황하게 쓰여 있던 메일의 요지를 정리하면 대략 이러했습니다.

"부끄러운 일이 많으면 에세이를 잘 쓸 수 있다고 설명하셨는데, 그 논리라면 범죄자가 에세이를 제일 잘 쓸 수 있지 않을까요? 저는 제 인생을 돌이켜봤을 때 부끄러운 일이 많지도 않고, 있더라도 그걸 굳이 끄집어내고 싶지도 않습니다. 선생님이 그런 식으로 확신하는 데 불편함을 느꼈고, 저와는 맞지 않는 것 같아 수강을 취소합니다."

그 메일을 보고 나서 어안이 벙벙했습니다. '부끄러운 일이 많으면 에세이를 쓰기 좋다'는 말을 분명 하긴 했지만, 전후를 살펴보면 어떤 배경에서 그런 이야기를 했는지 충분히 이해할 수 있을 텐데 발언 하나를 뚝 떼어내 공격하는 모습에 불쾌감도 느꼈습니다. 현장에서 질문을 해 추가 설명을 들으면 좋았을 텐데 그렇게 하지 않은 점이 아쉽기도 했습니다. 글쓰기를 해보겠다고 마음먹은 사람에게서 그런 모습을 본 게 더더욱 충격이었어요.

직장생활을 하는 친구들에게 혹시 비슷한 경험이 있었는지 물어보았더니 그들도 열을 내면서 공감하더군요. "요즘 그런 사람 너무 많지 않아?" 하면서요. 공무원, 교사, 회사원 등 직종을 가리지 않고 저마다 경험담을 토로하는 걸 보니 일부를 확대하거나 오독한 채 상대를 몰아붙이는 경우가 드문 일은 아닌 듯했습니다.

주변의 에피소드를 종합해보니 크게 두 가지 공통점이 보였습니다.

첫번째는 그런 이들은 자기가 제대로 이해한 게 맞는지 재차 확인하지 않는다는 점입니다. 납득되지 않는 부분이 있다면 직접 물어보는 편이 제일 좋은데도, 가만히 있다가 나중에 그 자리에 없던 사람들에게 자기 해석을 마치 사실인 듯이 흘리는 거예요. 타인의 실수에는 예민하게 반응하고 신랄하게 지적하면서, 자기 오류의 가능성은 전혀 생각하지 않는 모습입니다.

두번째는 상대 발언의 의도를 파악하려 노력하지 않는다는 점입니다. 대화에서 중요한 건 결국 상대의 이야기를 잘 듣고 그 뒤에 숨어 있는 욕구나 의도를 읽어내는 일입니다. 그걸 이해 못하면 정보나 감정을 일방향으로 전달하는 방식으로 커뮤니케이션이 이루어집니다. 또는 상대가 무슨 말을 하더라도 자기가 듣고 싶은 대로만 받아들입니다.

이런 경우가 증가하며 최근에 '맥락맹'이라는 신조어가 생겼습니다. 전체 상황의 맥락을 보지 못한 채 지엽적인 부분만 가지고 호도하거나, 자기의 일방적 주장만을 되풀이하거나, 딱히 문제될 게 없는 지점에 대해 고집을 부리며 꼬투리를 잡는 사람들을 지칭하는 말입니다. 문맹은 글을 읽지 못하는 것이고 맥락맹은 맥락을 알지 못하는 것인데, 이는 최근 자주 대두되는 '문해력 저하'와는 의미가 다소 다릅니다. 물론 '글을 읽고 이해하는 능력'을 뜻하는 문해력에도 '맥락에 대한 이해력'이 포함되는데요, 문해력 저하는 '읽었지만' 이해를 못하는 거라면, 맥락맹은 '제대로 읽지도 듣지도 않고' 이해도 못하는 것이라 할 수 있겠습니다.

문해력이 낮아지거나 맥락맹이 많아지는 상황에서 많은 전문가들이 독서 부족과 영상 위주의 콘텐츠 소비를 그 이유로 듭니다. 영상과 이미지, 짧은 글로만 정보를 확인하는 경우가 늘어나다보니 생긴 부작용이라는 해석이죠. 저 또한 콘텐츠 소비 방식의 변화와 연관이 있으리라 막연히 짐작만 하고 있었는데요. 얼마 전 이를 직접 확인할 수 있었습니다.

지인과 근황을 나누다가 특정 기업의 전망에 관해 이야기하게 되었어요. 그런데 그는 자신의 최근 관심사라면서도 "일단 결론만 말하면" "그건 안 된다던데"라며 단정적인 의견만 전하더군요. 구체적인 정보를 물어봐도 얼버무리기에 혹시 어디서 정보를 얻느냐고 물으니 민망한 웃음을 흘리며 말했습니다. "유튜버가 그러던데"라고요.

영상, 그것도 숏폼 콘텐츠를 주로 접하게 되면 결론만 보고 저체 내용을 이해하려는 경향이 생깁니다. 중간에 구체적인 예시가 있더라도 건너뛰고, 마지막에 요약된 내용만 찾아보는 거예요. 심지어 그조차도 번거롭다면서 본문을 짧게 정리한 고정 댓글만 보고 넘어갈 때가 많습니다. 맥락맹의 또다른 특징이 전체를 보지 않고 한 가지 개념이나 문구에 집착하면서 강하게 자기 의견을 개진하는 것인데, 그런 특성과도 긴밀히 연결되어 있는 것 같고요. 타인의 의도를 보려 하지 않고, 지엽적인 것에 집착하면서 심지어 자기 확신이 넘치는 경우 맥락맹이 탄생합니다.

한편 맥락맹은 이전에도 있었겠으나 최근에 유독 많아졌다고 느끼는 이유는 그런 사람들의 목소리가 커졌기 때문일 겁니다. 왜 나를 오해하게 했느냐며 되레 상대를 공격하는 경우가 많아져서이기도 하고요. 그러니 맥락을 읽을 줄 아는 사람이 되려면 정확히 그와 반대로 하면 되겠지요. 겅중겅중 뛰어넘으며 이야기를 듣지 않기. 자기 확신에 가득차서 상대를 공격하거나 다그치지 않기. 그리고 제일 중요한 건 이것 같아요. 자기 생각과 다르다고 해서 상대를 무작정 비난하지 않기. 맥락을 볼 줄 아는 힘이란 결국, 어렵더라도 이해해보려고 하는 훈련에서 나오니까요. 그건 높은 담 너머를 보려고 애쓰는 까치발 같은 움직임과도 비슷합니다. 맥락을 읽는 힘은 타고난 영역이라기보다 배려와 지적 탐구심에서 시작되는 교양이기도 합니다.

맥락에 대한 이해를 높여주는
단계별 실전 연습

....

1단계 초급편

어휘력 키우기

• 한자 외우기 •

우리말은 70퍼센트가 한자어이기 때문에 한자를 알고 있으면 처음 보는 단어여도 의미를 대략적으로 유추해볼 수 있습니다. 한자를 쓰지는 못해도 그 뜻을 알고 읽을 수 있는 수준으로 꾸준히 외워두시길 권합니다.

• 책을 소리 내어 읽고, 반복해서 읽기 •

어휘력이 낮은 상태에서 눈으로만 읽으면 대충 훑고 지나가버릴 수 있습니다. 천천히 또박또박 읽는 습관을 들이기 위해 소리 내 읽기를 추천드려요. 또한 많은 책을 읽기보다 정독과 재독을 통해 집중하는 습관을 들이는 것이 중요합니다.

• 연필 들고 모르는 단어에 밑줄 쳐보기 •

자기가 어느 정도로 모르는 건지 직접 확인해보세요. 연필을 들고 모르는 단어에 밑줄을 치되, 그 단어가 한 페이지에 열 개 이상이면 다른 책을 고르세요. 모르는 단어의 뜻을 찾아 적어둔 뒤 다시 읽기를 추천드려요.

전체 흐름 이해하기

• 청소년 소설에서 시작해 완독의 경험 쌓기 •

『데미안』『1984』처럼 시간의 체를 통과한 고전도 물론 중요하지만 독서 이력이 많지 않은 상태에서는 어렵게만 느껴질 수 있습니다. 『아몬드』 『페인트』 등 가독성 높은 청소년 소설로 페이지가 술술 넘어가는 재미를 느껴보세요.

• 짧은 글 전체 필사하기 •

꽂히는 특정 부분만 떼어다가 자기가 이해하고 싶은 대로 이해하면 맥락 맹이 되기 쉽습니다. 좋아하는 책의 한 챕터를 골라서 글 전체를 필사해 보세요. 에피소드에서 시작해 결론으로 이어지는 자연스러운 흐름대로 숙독하다보면 글 전체를 조감하는 능력이 키워집니다.

• 완독 후 저자의 의도를 고민해보고, 내용을 타인에게 설명해보기 •

책을 읽은 후 스스로 이렇게 물어보고 답해보는 과정이 필요합니다. '이 작가는 왜 이 책을 썼을까?' '이 책을 통해서 무슨 말을 하고 싶었던 걸까?' 이후 생각한 답을 타인에게도 설명해보면서 맥락을 다시 짚어보면 도움이 됩니다.

3단계 고급편

생활 속에서 훈련하기

• 스마트폰 알림 꺼두고 집중 루틴 만들기 •

제가 퇴사하며 제일 먼저 한 일은 휴대폰 카톡 알람을 끄는 것이었습니다. 집중력을 키우겠다고 다짐만 할 것이 아니라 그런 환경을 만드는 게 우선이기 때문입니다. 직장인이라면 퇴근 후나 자기 직전 휴대폰을 멀리 놔두는 시간을 정하고 그 시간을 점차 늘려가보세요. 꼭 책이 아니어도 좋으니 오롯이 집중하는 시간을 루틴으로 만들길 권합니다.

• 이해가 잘 되지 않으면 혼자 결론 내리지 말고 물어보기 •

현장에서 대충 알 것 같다고 생각하고는 편의대로 넘겨짚은 후 오해를 키우는 경우가 많습니다. 저 사람이 무슨 의도로 저런 말을 한 건지 궁금하거나 이해되지 않는 부분이 있으면 "이 부분을 좀더 설명해주실 수 있을까요?"라고 물어보세요. 그런 질문을 부끄러워하지 않아야 합니다.

독서 모임을 하더라도 각자 읽은 책을 가져와서 소개만 하는 건 맥락을 읽는 힘을 키우는 데 도움이 되지 않습니다. 같은 책을 읽었지만 어떤 부분을 서로 다르게 받아들였는지 말할 때 앎이 넓어질 수 있죠. 세 명 이상이 모여 두 달에 한 번, 세 달에 한 번이라도 꾸준히 한 권의 책을 동시에 읽고 생각한 걸 펼쳐보는 자리를 마련해보세요.

이제는 과학자의 말하기를
참고해야 할 때

친한 후배가 최근 인상적으로 본 영화를 권하면서 이렇게 말했습니다.

"언니도 그 영화 한번 보세요. 로튼토마토 평점이 꽤 높더라고요."

그 표현이 생경하게 들려 흥미로웠습니다. 보통 취향이 비슷하다고 느끼는 지인에게 영화를 추천할 때는 평론가의 권위를 빌려 말하거나("그 영화 누가 별점 네 개 반 줬대"), 감독이나 출연자의 명성을 빌려 말하거나("B감독 신작이야"), 그도 아니면 그저 개인적인 소감만을 말하는 게 일반적이니까요.

후배를 보자 제가 그런 식으로 말해보려고 노력하던 때가 생각났습니다. 객관적 지표를 근거로 들며 발표하는 쪽으로 말하기 체질을 바꾸려고 신경을 많이 썼었죠. 2012년 즈음의 일이에요. 십 년이 넘게 흘렀지만 그 계기가 정확히 기억납니다. 너무 확연한 변화라 잊을 수가 없어요. 스티브 잡스가 미국에서 발표한 아이폰이 2009년 한국에 상륙하면서 일상에서 많은 게 바뀌었거든요. 얼마 지나지 않아 한국인들 사이에서 아이폰이나 갤럭시 폰이 필수품이 되기 시작했습니다. 스마트폰을 사자마자 사람들이 제일 먼저 한 것은 쓸 만한 앱을 다운로드하는 일이었습니다.

저는 데이터에 기반한 말하기 방식이 널리 퍼지게 된 분기점을 2010년으로 봅니다. 그때를 기점으로 스마트폰 앱 서비스의 근간을 이루는 스타트업이 우후죽순으로 생기며 개발자와 엔지니어 품귀 현상이 나타나기 시작했습니다. '판교 IT 회사'로 대표되는 신생 기업들이 늘어나자 문과 출신이 압도적이던 기업 경영진에도 변화가 생겼습니다. 회사에서 제일 귀한 대접을 받는 사람도 개발자고, 회사에서 결정 권한을 많이 가지고 있는 사람도 공대 출신이었죠. 그러다보니 기존에 했던 회의 방식으로는 서로 대화가 되지 않는다는 아우성이 여기저기서 들려오기 시작했습니다.

스마트폰은 우리가 콘텐츠를 소비하는 방식도 철저하게 개인화시켰습니다. 1980년대생인 제가 어릴 때만 해도 가족이 동시에 보는 프로그램이 꽤 있었어요. 한 개의 리모컨과 한 대의 티브이로 콘텐츠를 공유해야 했기에 일요일 저녁 가족이 함께 거실에 앉는 것은 평범한 일상이었습니다. 꼭 〈개그콘서트〉 같은 국민 프로그램이 아니더라도 비슷한 연령대라면 비슷한 티브이 프로그램을 보는 게 당연해서, 친구를 만나면 "어제 그거 봤어?"로 대화를 시작하는 게 익숙했죠.

스마트폰이 등장한 후 사람들에게는 각자의 티브이와 각자의 리모컨이 생겼습니다. 이제는 가족이라고 해서 더이상 같은 프로그램을 보지 않고, 같은 세대라 해도 유행하는 프로그램을 동시에 소비하지 않습니다. 아무리 특정 업계에서는 팬이 많은 유명 인사도 그 분야에 관심이 없는 사람에게는 이름조차 생소한 경우가 많습니다.

스마트폰이 생기고, 데이터를 기반으로 말하는 방식이 기업에 퍼져가고, 개인이 자기 관심사에 기반한 콘텐츠를 제각기 소비하고, 페이스북, 인스타그램, 유튜브 등의 소셜 네트워크 서비스가 일반화되면서 2012년 즈음부터 회사에서 기획회의를 할 때 정량적 평가를 중시하기 시작했습니다. 대중문화의 지형이 급격하게 변모하며 '인기 있다'의 기준이 사람마다 너무나 달라졌고, 신생 스타트업의 보고 방식인 '전례에 기대지 말고(어차피 기댈 수도 없고), 할 수 있는 목표를 확실하게 숫자로 말하라'는 분위기가 널리 퍼진 영향이죠.

기획회의를 할 때 이전에는 "요즘 제 주변에서 이 사람의 콘텐츠를 참 많이 보더라고요" "최근에 간 이 행사가 무척 좋았는데 우리 회사에서도 비슷한 프로그램을 만들어보면 어떨까요"라고 경험을 공유하며 샘플을 보여주면 충분했고, 굳이 설명을 덧붙이지 않아도 서로 동의할 수 있었습니다. 선배들에게도 그렇게 일을 배웠죠. 그런데 2012년 즈음부터는 자신과 자기 주변의 취향만을 이야기하는 사람은 조사를 충분히 하지 않고 협소한 생각만 밀어붙이는 이로 비치더군요. 설득력이 있으려면 목표 조회 수, 인터뷰이의 팔로어 수 등 '숫자'를 이야기해야 했습니다. 업무 평가 때도 이전에는 제가 만든 콘텐츠를 선배들이 돌려 보며 피드백하거나 독자들이 보내주는 리뷰를 참고하는 형식이었습니다. 그러나 콘텐츠의 조회 수, 화제성, 댓글 개수 등으로 평가 방식이 확 바뀌어버렸어요.

저는 이제 주관의 언어를 최대한 줄이는 것이 직장 내 화법이라고 판단했습니다. "최근 제 주변에는 이것에 관심이 있다"는 표현은 "최근 인스타그램에서 이 해시태그가 전년 대비 두 배 이상 상승했다"로 바뀌었고, "가을에는 대체로 사람들이 이런 콘텐츠를 많이 봅니다"라는 표현 대신 "월별 키워드 검색량 순위를 보면 매년 10월에는 이 키워드가 급부상합니다"라는 식으로 말하게 되었죠. 회의실 안에서만큼은, 회의 자료를 만들 때만큼은 그렇게 하려고 애썼습니다. 데이터를 제시하고 목표 지향적으로 이야기하는 소위 '공대생처럼 말하기'의 흐름은 그로부터 십 년이 지난 지금, 일반적인 기업 내 소통 문화로 완전히 자리잡은 듯합니다.

과학자처럼 말하기 위한 세 가지 요소

2020년 이후로는 그 변화에 더해 '과학자처럼 말하기'의 흐름이 감지됩니다. 과학자처럼 말한다는 것은 전하고자 하는 바를 분명히 한 뒤 증명이 가능한 근거나 이론에 기반해서 주장하거나 설명하는 것을 뜻하죠. 자기계발의 트렌드도 그 배경에 뇌과학을 언급하는 경향이 커졌습니다. 공부도, 다이어트도, 집중력이나 중독 문제도 과학자나 의사가 나와 '네 탓이 아니고 뇌 탓이다'라는 식으로 말하는 쪽으로요.

코로나19를 겪으면서 사람들은 비과학적인 것이 우리의 생존 자체를 위협한다는 사실을 깨달았습니다. 절체절명의 위기에는 과학적으로 증명된 팩트가 필요하다는 점을 많은 이들이 체감한 겁니다. 어떻게 해야 할지 답이 보이지 않을 때는 신의 목소리가 아니라 과학적으로 증명 가능한 바를 믿고 따라야 생존 가능성이 높다는 것도 깨달았죠.

그렇다면 과학자의 말하기란 어떤 걸까요? 대중적으로도 인기 많은 물리학자 김상욱 교수가 예능에서 다른 패널들과 의견을 나눌 때 보이는 특징 중 하나는 "일단 그 질문의 정의부터 분명히 해야 하는데요"라는 말을 자주 한다는 겁니다. 그가 평소 존경한다고 말해온 천재 물리학자 리처드 파인먼의 『파인만 씨, 농담도 잘하시네』에도 이와 유사한 대목이 나와요. 파인먼은 과학자가 아닌 사람들과의 토론회에 갔다가 다들 저마다의 주장만 하고 있다고 느끼며 충격을 받았던 일화를 들려줍니다.

'평등의 윤리'에 대해 토론하는 과정에서, 참석자 모두가 자신의 관점만 이야기했다고 해요. 다른 사람이 무슨 생각을 하는지에는 관심을 두지 않고요. 예를 들어 역사학자는 평등의 윤리가 진화하고 발전한 양상을 봐야 한다고 했고, 국제변호사는 여러 상황에서 사람들이 보이는 반응을 살펴야 한다고 했죠. 예수회 신부는 이론적인 개념만을 이야기했고요. 이에 대해 파인먼은 모두가 토론에 참여했지만, 제대로 된 대화가 전혀 이루어지지 않았다고 꼬집습니다.

대화를 통해 결론으로 나아가려면 우선 서로 동의할 수 있는 부분을 명확히 해서 주제를 좁힌 뒤에 이야기를 시작해야 한다는 겁니다. 파인먼은 그러지 않고 자기 말만 하고 있는 학자들을 가리켜 "거만한 바보"라고 표현했습니다. 거만한 바보들의 대화는 혼란을 가중시킬 뿐이라는 게 과학자의 지적이죠.

회사에 다닐 때 프로처럼 보이기 위해 공대생처럼 말하려고 노력했던 저는, 요즘 과학자가 생각하거나 말하는 방식을 참고하려고 있습니다. 합리적이고 지적인 사람처럼 말한다는 건 확신을 가진다거나 남의 말을 달달 외워서 자주 인용하는 게 아니더라고요. 저도 한때는 그렇게 생각했지만요.

과학자처럼 말한다는 건 일단 최소한으로라도 공유할 수 있는 부분을 확실히 해두고 시작하는 거예요. 과학자가 이론을 주장하기 전에 선행 연구를 충분히 훑어보듯, 여러 가설을 검토해본 뒤에 자기 이야기를 하는 거예요. 개인적 믿음과 사실의 영역을 혼동하지 않고, 오랫동안 천천히 증거를 모아뒀다 직접 보여주는 거죠. 거기에 더해서 단어의 의미를 분명하게 쓰고 있는가, 주장의 근거나 출처를 충분히 검토했는가, 백 퍼센트라는 건 세상에 없으니 모르는 것은 모른다고 말하고 새로운 의견을 받아들일 유연함이 있는가, 바로 이런 것들이 과학자처럼 말하기의 요소 같아요. 설득하기위해서 목소리를 키우기 전에요.

'스마트폰 중독은 도파민 문제다'라는 말과 '스마트폰 중독은 의지의 문제다'라는 말의 차이에서 보듯, 어떤 사람의 말이 고리타분하게 느껴지는 건 비단 그 사람이 사용하는 말투 때문이 아닙니다. 그보다는 구시대적 논리나 오래된 커뮤니케이션 방법을 고수하기 때문일 때도 많습니다. 유행어를 몰라서 올드한 게 아니라 사고방식이 옛날에 머물러 있으면 낡은 사람인 거예요. 계속해서 바뀌어가는 시대 흐름을 확인하고 말하는 방식을 자각하면서 계속 업데이트를 시도해야겠지요. 시대감각이 있으면 신선한 말하기, 신뢰받는 말하기를 하기 쉬우니까요.

다만, 여기서 한 가지 놓치지 말아야 할 게 있습니다. 회사에서 공대생의 언어에 익숙해지더라도, 과학자의 언어와 사고방식을 참고하더라도 그것을 유일한 지향점으로 삼아서는 안 된다는 겁니다. 시청률로만 드라마를 평가할 수 없고 판매 지수로만 책을 판단할 수 없듯 숫자만을 내세운 판단에는 명확한 한계가 있습니다. 때문에 대부분의 기업에서도 인재를 평가할 때 정량적 평가와 정성적 평가를 동시에 하고 있지요.

객관적인 표현이 아니라 할지라도 감정이나 생각을 잘 표현할 수 있는 언어를 꾸준히 개발하는 것도 잊어서는 안 됩니다. 어떤 의사에게 들었던 말이 떠오르네요. "○○○ 님이 몇시 몇분 사망하셨습니다"라는 사망선고를 할 때 '사망'이라는 말이 마음에 계속 걸렸다고 합니다. 너무 딱딱하게 들려서요. 그는 사전에서 유의어를 찾아본 뒤 작은 애도의 의미를 담아 '임종'이라는 표현을 쓰기로 했다고 합니다. '어떻게 하면 객관적으로 말할까'라는 고민만 있었다면 시도할 수 없던 변화겠지요.

문학 또한 어떻게 하면 더 구체적으로, 더 아름답게, 개성 있게 표현할지를 고민하는 데서 세공되는 언어 예술입니다. 그 외에도 대부분의 예술은 주관을 끝까지 밀고 나가는 활동이고요. 그걸 보며 우리는 감동을 받습니다. 숫자로는 머리를 움직이게 할 수 있지만 마음을 움직이게 할 수는 없어요. 객관의 언어와 주관의 언어의 차이를 이해하고, 그 용법을 제각기 익혀서 때에 맞춰 적절히 사용해야 합니다. 객관의 언어와 과학자의 언어는 주로 회의실에서, 공감의 언어는 집에서 활용하는 식으로요.

분노는 우아하게, 거절은 단호하게

최악의 상황에서도 품위를 지키는 법

즉각적인 분노 대신
우아하게 요구하기

사회 초년생 시절, 잘 몰라서 범한 실수가 참 많지만 그중 유독 강렬하게 남아 있는 기억이 하나 있습니다. 그때를 생각하면 헛웃음이 나올 정도로 무례하게 굴었던 일이죠. 잡지사에서 일한 지 얼마 안 되었을 때인데, 당시 제가 담당하고 있던 칼럼은 두 작가가 번갈아서 원고를 싣고 있었습니다. 두 사람 다 대중에게 인지도가 높았죠.

어느 날, 종료 시점을 정해두지 않은 상태로 육 개월가량 연재중이던 그들의 칼럼이 회사 내부 사정으로 급히 중단되었습니다. 이유를 구체적으로 쓸 순 없지만 A라는 작가가 쓰던 칼럼의 내용이 회사 상부에서 보기에 불편한 부분이 많았던 탓이었어요. A의 칼럼이 문제시되면서 그와 교대로 연재하던 B작가의 칼럼도 함께 중단하라는 지시가 떨어졌습니다. 풋내기 시절 처음 경험하는 대형 사고였기 때문에 상황 판단이 제대로 되지 않았던 것 같습니다. 지금이라면 우선 전화를 걸어 상황을 간곡하게 설명했을 텐데, 패닉에 빠진 저는 두 작가와 그런 내용으로 통화를 하는 게 너무 무서웠습니다. 그래서 사과를 드리고 양해를 구한다는 내용의 메일 한 통만 보내버리고 말았죠. 다시 생각해도 어이가 없네요.

메일을 보내고 나서 얼마 되지 않아 A작가에게 전화가 왔습니다. 수화기를 통해 듣는 목소리였지만 그가 분노를 제어하지 못하고 몸마저 떨고 있는 것이 느껴졌습니다. 저는 "죄송합니다. 저도 너무나 갑작스럽게 받은 지시였기에 어쩔 수 없었습니다. 정말 죄송합니다" 같은 말만 반복했습니다. 이렇게 갑작스레 연재를 중단하는 법이 어디 있냐고, 작가에 대한 존중이 없다고, 당신과는 말도 섞고 싶지 않으니 당장 대표 연락처를 내놓으라고 그는 고통스러운 비명을 지르듯 외쳤죠. 그렇게 고래고래 소리를 치더니 전화를 끊어버렸어요. 얼마 지나지 않아 그는 자신의 트위터에 방금 갑작스럽게 연재 중단 통보를 받았다며, 회사가 특정될 수 있는 표현을 쓰면서 거세게 비난하는 글을 올렸습니다.

같은 날, B작가에게 짧은 회신이 왔습니다. 상세히는 기억나지 않지만 대략 이런 내용이었던 길도 기억합니다.

"안녕하세요. 보내주신 내용 확인하였습니다. 당황스럽고 불편한 마음이 드는 건 사실이지만 기자님도 어쩔 수 없는 상황이겠죠. 다시는 이처럼 갑작스럽게 통보하는 일이 생기지 않기를 바랍니다. 그리고 하나 더, 모르시는 것 같아 알려드리는데 이 경우에는 기자님이 제게 메일을 보내기 전에 전화를 걸어 상황이 이렇게 되었음을 구두로 설명해주시는 게 좋습니다."

저는 두 사람을 비교해서 A작가가 비상식적인 언행을 했다거나 과도하게 화를 냈다는 이야기를 하고 싶은 것이 아닙니다. 백번 따져봐도 저는 잘못한 게 맞고 A작가의 분노는 정당했습니다. 다만 두 사람의 대처법을 보면서 절절하게 배운 바에 대해 말하고 싶습니다.

A작가가 소리를 지르며 화를 냈을 때는 이후 제가 해야 하는 행동에 대해서 배우기 어려웠습니다(물론 그가 저에게 알려줄 의무는 없습니다). 초식동물처럼 얼어붙은 채 허둥지둥 사과하기에만 바빴죠. 솔직히 일단 이 상황에서 벗어나고 싶다는 생각만 강렬했습니다. 반면 B작가가 침착하게 요구 사항을 이야기하고 잘못을 정확하게 지적해준 덕에 저는 지난 행동을 짚어보며 앞으로 절대 하면 안 되는 언행 하나를 제대로 배웠습니다. 불편한 것을 정확히 말하고, 원하는 것을 우아하게 알리는 일이 얼마나 어른스러운 행동인지에 대해서도 알게 되었죠.

평가나 판단은 줄이고, 요구는 키우고

그날 이후 저는 누군가에게 불편한 마음이 들 때 '이 사람이 정말로 몰라서 실수하는 것일 수 있다'고 가정하게 되었습니다. 누구나 제대로 모르면 실수할 수 있습니다. 혹은 이것이 문제임을 알더라도 '그런다고 별일 있겠어' 하며 게으르게 생각했다가 잘못을 저지르기도 하죠. 예전에는 그렇게 생각하지 않았습니다. 당황스러운 일을 겪으면 상대에게 인격적 결함이 있다거나, 저를 무시해서 그렇다는 식으로 생각하는 경우가 더 많았습니다. 상종 못할 인간이라고 속으로 '아웃'을 외치고 마음에서 조용히 삭제 버튼을 누르곤 했죠.

다음으로 화를 내기 전 제가 상대에게 원하는 바가 정확히 무엇인지를 생각하게 되었습니다. 무작정 화를 퍼부으면 당장 기분이 후련해질지는 모르겠으나 그런다고 상황이 달라지지는 않습니다. 홧김에 심한 말을 내뱉고 뒤끝이 찝찝해질 뿐이죠. 상대는 자기의 잘못을 반성하기에 앞서서 자신이 당한 가혹함에 섭섭해하는 경우가 더 많고요. 그래서 저는 이 행동에 불편한 마음이 들었다, 모르셨을 수 있다고 생각한다, 앞으로는 이렇게 해줬으면 좋겠다, 하고 순차적으로 말하는 법을 연습했습니다. 지금도 남편과 싸울 일이 있으면 이처럼 기분 나쁜 포인트를 정확히 짚은 후 요구 사항을 종이에 써서 정리해본 뒤 이야기를 나눕니다. 반대로 말하면, 정확히 왜 기분이 나쁜지 모르겠다거나 요구 사항이 분명치 않다면, 스스로 명확해질 때까지 자기 마음을 먼저 들여다봐야 한다고 생각합니다.

"~이 불편하게 느껴졌는데 모르셨거나 실수라 생각하니 앞으로는 이렇게 해주시면 좋겠다"라는 대사는 회사에 다니던 시절, 육 개월마다 한 번씩 바뀌던 대학생 인턴에게도 종종 사용했습니다. 밤늦게 카톡을 보내는 인턴에게는 "모르실 수 있을 것 같아 알려드립니다. 밤 열한시에는 아주 급한 일이 아니라면 카톡으로 연락하지 않는 것이 좋습니다. 카톡으로 커뮤니케이션하는 건 가급적 업무 시간인 아침 여덟시부터 저녁 일곱시 사이에 해주세요"라고 설명했습니다. 메일을 보낼 때 번번이 '제목 없음' 상태로 발신하는 인턴에게는 "혹시 모르실까봐 말씀드립니다. 메일을 '제목 없음'으로 여러 번 보내셨더라고요. 이러면 업무상 확인해야 하는 많은 메일 가운데 눈에 잘 띄지 않기도 하고, 추후에 받은 메일을 검색할 일이 생겼을 경우에도 찾기 어렵습니다. 제목에 간단히 용건을 써주면 좋겠습니다"라고 담담하게 회신해주었죠.

평가나 판단은 줄이고 다만 정확하게 원하는 바를 요구하기. 감정적으로 반응하지 않되 꼭 필요하다 생각되는 대응은 하기.

이십대에는 이 두 가지를 체화해서 부정적 감정을 관리하고자 노력했고, 이제는 딱히 의식하지 않아도 자연스럽게 그런 방향으로 표현하는 게 익숙해졌습니다. 그러다 얼마 전, 제가 사회 초년생일 때 저지른 거대한 실수를 떠올리게 하는 사람을 만나게 되었죠. 없던 일로 하고 싶던 저의 흑역사를 떠올리게 된 이유도 최근 있었던 불쾌했던 일 때문입니다. 그런 걸 보면 업보는 결국 돌아오는 게 맞나봅니다.

10월의 어느 날, 한 회사에서 지방 강의를 요청해왔습니다. 집에서 차로 네 시간 정도 걸리는 거리였어요. 봄과 가을은 여러 대학이나 도서관 행사로 가장 바쁠 때입니다. 여유가 없는 시기라 난색을 표하자 강의 후 일박을 할 수 있는 숙소를 지원해주겠다고 제안하더군요. 강의에 겸해 이틀간 가족여행을 가는 것도 괜찮을 듯해 진행하기로 했습니다. 그런데 행사 일주일 전인 토요일 저녁 담당자는 내부 사정으로 강연이 어려워졌다고 카톡으로 통보했습니다. 저로서는 동일한 날짜의 강연료가 더 큰 행사를 거절하고, 여행을 가기 위해 가족과 스케줄을 조정해놓았기에 피해가 컸죠. 불쾌했지만 계약서를 써둔 것도 아니어서 정당하게 보상을 요구할 근거도 없었습니다. 그 결정을 담당자 혼자 내린 건 아닐 테니 사과를 받는 것도 의미가 없다고 생각했죠.

저는 알겠다고 답한 뒤, 이전에 그 회사와 진행했던 다른 건의 비용에 대해 청구서를 발급해드리겠다고 했습니다. 다시는 함께 일하지 않을 회사니까 빨리 정리해두고 싶었거든요. 제가 사전에 안내받은 비용이 맞는지 한 번 더 확인하자 그는 "네. 월요일에 다시 안내해드리겠습니다"라고 답했고, 저는 필요한 서류를 보내두었어요. 한참 뒤, 밤 열시가 넘은 시간에 이런 카톡이 왔습니다.

"급하시네요."

머릿속에 물음표가 수백 개 떠올랐죠. 제가 "급하시네요, 라고요?"라고 답하자 상대에게 이렇게 회신이 왔습니다.

"카톡을 다시 잘 읽어보세요. 비용 관련해서는 제가 월요일에 다시 안내해드린다고 하지 않았습니까?"

그 사람의 입장에서 '네'는 제가 비용을 확인한 질문에 대한 답이 아니었던 거죠. 저는 "카톡으로는 그만 이야기하시죠. 월요일에 다시 연락드리겠습니다"라고 쓴 뒤 대화를 중단했습니다. 화가 난 상태에서는 말실수를 할 확률이 커지니까요. 주말이 지난 뒤 관계자들에게 메일을 썼습니다. 그때 쓴 내용은 대략 이러합니다.

"갑자기 행사 취소를 통보하셔서 당황스럽고 불쾌했던 것이 사실입니다만, 제가 문제를 제기하고 싶은 것은 그 때문이 아닙니다. ○○ 님의 후속 조치에 제가 느낀 불편함을 알려드리고자 합니다. ○○ 님은 제가 드린 질문에 충분히 오해할 만한 답변을 해서놓고, 주말 밤 열시에 저에게 '급하시네요'라고 비난하는 듯한 카톡을 보냈습니다. 이 경우에는 감정적으로 남을 지적하는 말하기 대신 쓸 수 있는 다른 표현이 있습니다. '계산서 발급해주신 걸 확인했습니다. ○○만 원으로 금액 수정 부탁드립니다. 이 경우에는 이러저러한 규정이 적용됩니다'와 같이 커뮤니케이션해주시면 좋겠습니다. 제가 이 메일을 보내는 이유는 사과를 받고 싶어서가 아닙니다.

다만 ○○ 님이 계속 이와 같이 커뮤니케이션한다면 향후 여러 문제가 불거질 수 있음이 우려스러워, 이 메일을 씁니다."

그날 오후 회사의 담당자에게서 전화와 메일이 왔습니다. 내부에서 이 문제를 심각하게 인지했고 사과를 전한다고 했지만 그때쯤 저는 아무렇지도 않았습니다. 메일을 쓰고 전송 버튼을 누르는 과정에서 이미 목적을 달성했으니까요. 불편함을 애써 참지도, 그렇다고 무작정 화를 내지도 않고 제가 겪은 상황에 대한 문제를 제기했으니 말입니다. 상대에게 사과를 받고 안 받고는 중요하지 않았어요. 그렇게 상황은 더 커지지 않고 마무리되었습니다. 부정적인 감정에 휩싸여서 어떤 말을 일단 쏟아내고 싶을 때, 대응하는 템플릿을 여러 개 만들어두고 상황에 맞게 내용을 채워보기를 추천합니다.

사람들이 필요 이상으로 화를 내는 이유는 상대에게 무엇을 원하는지 정확히 모른다는 데 있습니다. 화를 표현하는 그 자체에만 집중하다보면 감정만 상할 뿐 원하는 바를 제대로 이루지 못할 때가 많으니 일단 그것부터 정리할 필요가 있어요. 대체로 말은 즉시적으로 감정의 강도를 키우는 데 유리해서 우선 내뱉은 다음 후회할 때가 많지만, 글은 쓰기 시작하면 논리적 구조를 생각하지 않을 수가 없기에 머릿속에서 바로 튀어나올 때보다 언제나 훨씬 나은 결론으로 우리를 이끌어줍니다. 그게 분노의 말이라면 더욱더 그렇습니다.

숙녀처럼 말한다는 것의

진짜 의미

저는 에세이를 주로 쓰는 작가입니다. 그전에는 십 년간 직장
생활을 했고요, 지금은 글쓰고 말하는 걸 직업으로 삼고 있습니다.
강의 내용은 매번 다릅니다. 글쓰기를 가르칠 때도 있고, 출간한 책
을 바탕으로 학생이나 직장인에게 동기부여 강의를 할 때도 많지
요. 강의를 마치고 나면 자주 듣는 말이 있습니다.

"작가님은 말씀을 참 잘하세요."

"신기할 정도로 귀에 쏙쏙 들어와요."

제가 그간 낸 책이 아니라 〈세상을 바꾸는 시간 15분〉이나 유
튜브 〈정문정답〉을 통해 저를 먼저 알게 되었다는 분도 꽤 있는 듯

합니다. "말을 잘하는 비결이 뭔가요" 같은 질문을 계속해서 받자 고민하게 되었습니다. 단순히 책을 많이 읽는다고 해서 말을 잘하는 게 아니라는 사실은 일단 주변 사람들을 떠올려봐도 확실했습니다. 그럼 '글을 많이 쓰다보면 논리력이 길러져 말을 잘하게 된다고 할까?' 그 또한 아니라는 증거들이 명백했지요. 실천 가능하고 현실적인 답변을 주고 싶었습니다. 그런 질문 앞에서 대충 대답할 수가 없었거든요.

많은 사람들이 자기표현의 주요한 방식으로서 말하는 법을 제대로 배워야 한다고 생각한 주된 계기 중 하나는, 2021년 화제였던 〈SNL 코리아〉 주현영의 인턴 기자 연기 때문이었습니다. 주현영의 디테일이 넘치는 연기력도 흥미로웠지만, 주 기자의 모습에 완전히 자기 이야기라고 공감하는 사람들의 반응도 무척 인상적이었습니다. 어색한 표정과 떨리는 말투, 긴장을 숨기지 못하고 몸을 이리저리 흔드는 모습, 감정적 대응이나 적절치 않은 표현의 사용 등을 보면서 사람들은 자기의 대학생 시절이나 신입사원 시절을 떠올렸습니다. 또는 주변에서 볼 수 있는 후배들의 모습을 연상하기도 했죠. 그런데 이는 단순히 나이가 어리거나 경험이 없어서 나오는 행동이 아닙니다. 보란듯 잘하고 싶어하는 사람이, 떨고 있는 걸 필사적으로 감추고 싶어하는 사람이 그렇게 행동하기 쉽습니다. 저는 주 기자에게서 흠잡히지 않으려고 온 힘을 다하고 있는 사람 특유의 분위기를 봤어요. 주 기자는 말을 못하는 사람이어서가 아니라 너무 잘하고 싶은 마음이 강렬하기에 초보적 실수를 저지르는 것이라 생각했습니다.

실제로 주현영 씨는 주 기자를 연기하기 위해 〈대학토론배틀〉에 나오는 대학생들을 참고했다고 말했습니다. 토론을 잘하고 싶어하는 대학생의 어투를 따라 하다보니 몸이 저절로 긴장되더라고 인터뷰에서 밝힌 바 있죠.

"목소리를 유지해야 된다는 생각을 하니까 정말로 성대 근육이 경직되더라고요. 숨도 잘 안 쉬어지고요. 자연스럽지 못한 모습으로 있다보니까 가짜 목소리를 만들게 되고, 몸이 굳어지고, 떨렸어요. 눈물도 났고요. 도태되면 안 된다는 마음, 인정을 받아야 한다는 생각 때문에 경직 상태가 유지되는 거죠."[15]

전문가처럼 보여야 한다는 각오, 절대로 실수하면 안 된다는 긴장감, 공격을 받으니 먼저 공격하겠다는 방어적 생각이 타인 앞에서 오히려 취약해 보이는 모습을 가져오는 것입니다.

제대로 말하는 연습

직장생활을 할 때 회의가 참 많았습니다. 하루에 한 번 이상은 꼭 회의가 열렸던 것 같아요. 동기들이나 선후배와 회의할 때는 그나마 괜찮았는데 팀장님이나 대표님이 동석한 회의에서는 평소 하던 수준의 절반도 표현하지 못했습니다. 너무 겁이 나서였죠. 극도로 긴장하면 호흡이 거칠어지고, 호흡이 망가지면 숨이 차면서 남이 듣기에 덜덜 떠는 듯 느껴집니다. 누군가의 말이 편안하게 들리지 않는다면 대부분 그의 호흡이 원인인 경우가 많습니다. 여하튼 저는 긴장과 불안한 호흡 때문에 제 능력까지 과소평가되는 듯해 억울했습니다. 기획안이 통과되지 않는 날이면 더욱 그런 부정적인 생각에 빠져들었죠. 긴장하니 제대로 말할 수 없고, 그 때문에 말하기가 부정적인 경험으로 남아, 후에 비슷한 상황에서 더 크게 긴장하는 악순환이 계속되었습니다.

저는 사내에서 전달력이 좋다고 평가받는 사람들은 어떻게 하는지 관찰했습니다. 말하기가 업인 사람들이 어떻게 하는지도 유심히 들어보았죠. 특히 배우들은 발성 하나로 감정을 표현하는 사람들이니 전문적으로 연기를 가르치는 책과 영상을 찾아보았는데요. 이처럼 언어 표현을 가르치는 곳에서 공통적으로 강조하는 부분이 바로 호흡의 중요성이었습니다. 신뢰감을 주는 목소리와 명확한 발음도 중요하지만 최우선은 호흡이라는 겁니다. 편안하게 숨쉬는 것. 상황에 몰입한 뒤 긴장을 최대한 풀고, 상대와 자기 자신을 믿는 상태로 겸손하게 이야기를 시작하는 데서 호소력 있는 말하기가 가능해진다는 겁니다.

예를 들어, 긴장을 하면 "안녕하세요정문정입니다"라고 쉬지 않고 내뱉게 됩니다. 그러면 그다음부터 숨이 찬 상태로 계속 말을 하게 되어 스텝이 꼬이죠. 말소리가 듣기 좋고 자연스럽게 주의를 끄는 사람들은 "안녕하세요 // 제 이름은 / 정문정입니다 //"라고 쉬어야 할 때 충분히 쉬면서 말합니다. 특히 강조하고 싶은 부분 앞에서 더욱 길게 쉬면서 주의를 환기시키고 이목을 집중시킵니다. 아나운서나 성우, 배우 들이 말하는 걸 주의깊게 들어보세요. 그들이 전달하고자 하는 의도에 맞춰 호흡을 영리하게 조절하고 있다는 사실을 알아차릴 수 있을 겁니다.

호흡의 중요성을 깨달은 뒤부터 복식호흡을 하는 습관을 들였습니다. 요가와 수영도 큰 도움이 되었죠. 하루에 삼십 분 이상 산책하면서 호흡을 깊이 들이쉬고 천천히 내쉬는 연습을 계속해나갔습니다. 하고 싶은 말을 대본처럼 쓴 뒤 쉬어 갈 포인트를 확인하며 읽어본 적도 많아요. 이처럼 편안한 호흡만 제대로 연습해도 말하기의 기본기가 단련됩니다. 호흡을 통해 긴장을 풀고 이완하는 연습만 해도 말하기에서 중요한 절반은 완성한 셈이에요.

여성과 소수자의 권익을 위해 평생 일한 루스 베이더 긴즈버그 대법관의 책『긴즈버그의 말』에는 이런 표현이 나옵니다.

(어머니는) 두 가지를 말씀하셨다. 숙녀가 되어라. 독립적인 사람이 되어라. "숙녀가 되라"는 것은 분노처럼 에너지를 고갈시키는 감정에 굴복하지 말라는 뜻이다. 숨을 깊이 들이마시고 차분하게 말해야 한다.[16]

이 책에선 '숙녀처럼 말하라'는 표현을 통해 부정적인 감정에 휩싸이지 말고 자기감정을 차분히 조절하라는 메시지를 전달하고 있습니다.

필요 이상으로 긴장하게 하고 자신을 타인의 눈으로 평가하게 만드는 메시지인 '유려하게 말하겠어' 대신 '차분하게 말하겠어'로 다짐을 바꾸어야 합니다. 말할 때 과도하게 긴장하는 사람들은 평소 우호적인 분위기에서 말한 경험이 적은 경우가 많은데, 그럴수록 편안한 사람들과 만나 대화하는 시간을 의식적으로 늘려갈 필요가 있죠. 말하기에 대한 긍정적인 기억이 늘어나야 한다는 뜻입니다. 경청해주는 사람과 대화하는 경험을 반복하고, 내가 표현한 바에 대해 동의받는 경험이 늘어나야 습관적 긴장에서 벗어날 수 있습니다. 물론 그렇게 해주는 사람을 주변에 두려면 내가 받고 싶은 대우를 먼저 남에게 해주는 것이 기본이고요.

말하기가 왜 그렇게 무서운지 생각해보니 저는 말과 관련해서 긍정적인 기억 자체가 별로 없었어요. 가족과는 대화가 길어지면 꼭 말싸움으로 이어졌으니까요. 어떤 말을 했을 때 공감받기보다 공격받은 기억이 더 많았으니까요. 그렇기 때문에 저는 자꾸만 방어적으로 말해왔지만, 그렇게 해서는 아무런 설득도 하지 못한다는 사실을 시간이 흐르며 알게 됐어요.

이제 저는 말을 하기 전 떨릴 때면 마주한 사람들에게 이렇게 말하고 시작합니다.

"오늘 제가 너무 잘하고 싶은가봐요. 이상하게 많이 떨리네요."

제가 긴장하고 있음을 밝히면 상대는 한결 부드러운 표정을 지어주더라고요. 속으로 떨고 있음을 고백하고 나면 신기하게도 긴장이 덜 되어서, 이 말을 한 뒤부터 괜찮아지는 경험도 많이 했어요. 말하기는 이기고 지는 문제가 아니라 서로의 생각과 의견을 나누는 상호작용이라는 것, 제대로 하지 않으면 끝장이라는 절박감을 느낄 때마다 그건 사실이 아니라고 달래주는 것, 서두르지 않고 충분한 호흡을 해나가는 것, 모르는 건 모른다고 해도 정말 괜찮다는 것을 아는 데서 정확한 말하기가 시작됩니다.

거절, 잘하는 것만큼
잘 받는 것도 중요해요

아기를 키우게 되자 일상에서 배경음악이 무한 재생됩니다. 혼자서 길을 걸을 때조차 "노는 게 제일 좋아 친구들 모여라" "새콤달콤 향내 풍기는 멋쟁이 토마토" 같은 노래를 부르다가 한참 뒤 스스로 자각하고는 화들짝 놀라 멈추곤 했습니다. 한국 동요를 들으니 가사를 외우게 되기에 어느 날부터는 영어 동요만 들었습니다만, 이 또한 동요인지라 머릿속에 각인되더군요. 그렇게 틀어둔 음악에서 유독 귀에 쏙쏙 들어온 가사가 있었습니다.

Things people do and say with others are not ok

사람들이 서로 하는 말과 행동은 모두에게 다 좋은 게 아니랍
니다.

Your feelings are important, no matter your size.

당신의 감정은 중요해요, 키나 외모와 상관없이.

So you can set boundaries to clarify.

그러니 경계를 설정해 분명히 할 수 있어요.

And you can say.

그리고 당신은 이렇게 말할 수 있어요.

Please stop. I don't like that.

그만해요, 난 그걸 좋아하지 않아요.

I'm feeling uncomfortable.

마음이 불편해요.

I need more space.

제 공간이 필요해요.

Not around me, don't take it personally.

제가 거리를 두게 해주세요, 개인적인 공격으로 받아들이진
말아주세요.

That's just a boundary.

이건 그저 바운더리일 뿐이에요.[17]

동요 가사가 이렇게 진지할 수 있나 신기해서 검색해보니 이

노래의 제목은 'The Setting Boundaries Song'으로, 미국에서 초등학생들이 많이들 배운다고 했습니다. 단순히 메뉴얼을 알려주는 데 그치지 않고 거절이 필요한 이유와 슬기롭게 거절하는 방식을 이야기하여 아이들에게 실질적인 도움이 될 것 같다고 느꼈어요.

그러고 보니 미취학 아동을 대상으로 의사 표현하는 법을 가르치는 강사와 나눈 대화가 기억났습니다. 아이들의 짧은 집중력을 고려하여 삼십 분 정도만 수업을 진행한다는 그는 특히 불편한 기분이 들 때 어떻게 해야 할지 강조한다고 했습니다. 유치원에서 거절 잘하는 법과 거절을 잘 수용하는 법을 집중적으로 말해달라고 요청하기 때문이랍니다.

"아이들 중에는 싫다는 말을 잘 못해서 불편한 상황에서도 계속 참는 경우가 있어요. 반면 어떤 아이들은 자기 요구 사항이나 부탁이 받아들여지지 않는 상황을 못 견뎌서 친구를 괴롭히기도 하고요. 같이 놀자고 했는데 응하지 않으면 친구가 쌓아둔 블록을 무너뜨리는 식이죠. 그래서 거절 잘하는 법과 거절을 잘 받아들이는 법 둘 다 알려달라고 요청하시더라고요."

소아청소년 전문 정신과 의사에게도 비슷한 이야기를 들었습니다. 우울 증세를 보이거나 등교 거부를 하는 초등학교 저학년 학생들을 보면 학비가 월 이백만원 정도 하는 영어유치원이나 놀이학교 출신이 많다는 겁니다. 거기서는 비싼 학비를 내고 돌봄 서비스를 받는 고객의 입장이다보니 관심과 이해와 배려를 넘치게 받는 것이 기본값이 되었다고요. 뭐든 하기 싫다고 말하면 제외시켜주거나, 해야 하는 이유에 대해 납득이 될 때까지 충분한 설명을 들으면서 컸죠. 가정에서나 원에서 공주님과 왕자님으로 살아왔는데, 초등학교에 가니 분위기가 완전히 달라져 혼란을 겪는 거죠. 선생님은 예외 없는 규칙을 강조하고 나를 총애하는 것 같지 않습니다. 이 극심한 온도차에 혼란스럽고 좌절하면서 선생님이나 학교가 싫다고 말하는 경우가 꽤 있다고 합니다.

"요즘은 집에서나 원에서나 거절이나 제지를 받지 않는 아이들이 너무 많아요. 그런 환경에 있으니 자기가 원하는 건 다 할 수 있다고 생각하죠. 이 생각이 좌절되었을 때 아이들은 큰 충격을 받습니다."

거절을 당할 때 아이들이 상처받는 이유는 자기가 무시당했다고, 존재 자체가 부정당했다고 느끼기 때문입니다. "나랑 같이 공놀이하자"라고 했을 때 상대가 싫다고 하면 자기를 싫어하는 거라 받아들입니다. "저는 지금 그림 그리고 싶지 않은데요"라고 했을 때 선생님이 싫더라도 해야 한다고 답하면 자기를 미워한다고 받아들여서 서러워합니다. 상대가 나를 싫어한다고 생각하니 화가 나서 폭력적인 행동을 하거나 아예 다가가지 않는 방법을 택하게 됩니다.

비단 아이들만의 이야기는 아닙니다. 뉴스를 보면 자기와 사귀어주지 않는다고 폭력을 쓰는 사람들이 종종 등장합니다. 성인인 우리 역시 일상생활에서 불이익을 받을 게 두려워 하기 싫은 부탁을 억지로 들어줘야 하는 경우도 있지요. 회사에 다닐 때도 비슷한 경험이 있었습니다. 팀 개편을 하고 나면 사내에는 팀장이 누구를 싫어해서 보냈다더라, 누구는 좋아해서 데려왔다더라 하는 말들이 곰팡이 포자처럼 여기저기 공기 중에 퍼지면서 지워지기 힘든 얼룩을 남겼습니다. 그 여파로 상처받아 퇴사하는 사람도 부지기수였고요. 후배의 누적된 실수에 대해 질책했다가 "선배는 저를 별로 안 좋아하시는 것 같아요" 하는 말도 들어보았어요. 이처럼 공적인 잘못에 대한 피드백을 개인적 호오와 연결하는 태도를 지닌 이들에게는 점차 피드백하는 상황 자체를 피하게 되더군요. 안타깝지만 그 사람은 중요 업무를 부여받고 성장하기가 어려워집니다.

잘 따져보면 결국 거절을 수용하지 못하는 사람들의 이유는 딱 한 가지입니다. 부탁의 내용과 자기 자신이 찐득찐득하게 들러붙어 있는 거죠. 부탁을 거절당하면 자기를 불신하고 미워한다고 상상의 나래를 키웁니다. '네가 거절한다면 나도 너를 싫어해주겠어'라는 다짐을 하거나 유치한 앙갚음을 시도하기도 하지요.

그럴 때는 다음의 말을 주문처럼 되뇌어야 합니다. 우리가 어떤 생각을 하기 때문에 말을 내뱉기도 하지만, 어떤 말을 의식적으로 하다보면 생각이 그에 따라 이동할 때가 있습니다. 이때 필요한 마법의 말은 두 가지입니다.

"그럴 수 있어."

"그건 그거고, 이건 이거지."

부탁을 거절했다고 해서 인간 자체나 관계에 대한 거부가 아니라는 사실을 수용하는 데 도움이 되는 말이거든요. 제가 〈The Setting Boundaries Song〉의 가사에서 제일 좋아했던, 자주 흥얼거렸던 부분도 이 대목입니다.

제가 거리를 두게 해주세요. 개인적인 공격으로 받아들이진 말아주세요. 이건 그저 바운더리일 뿐이에요.

거절은 다만 행위에 대한 거절일 뿐이라는 단순한 인지는 아이들뿐 아니라 미숙한 어른들에게도 절실한 능력인 것 같습니다.

'어떻게 그럴 수 있어?'라는 생각이 들 때면 이 말을 소리 내보는 게 좋겠습니다. "그럴 수 있지."

'어떻게 네가 나한테 그럴 수 있어?'라는 생각이 들 때는 이 말을 하는 게 좋겠고요. "그건 그거고, 이건 이거지."

영혼을

비울 때와 담을 때

저장되지 않은 번호로 전화가 걸려올 때가 있습니다. 이럴 때는 경계심을 놓지 않은 채 사무적인 톤으로 응답하게 됩니다. 며칠 전 전화를 건 이는 강연 전문 기업의 매니저라고 자신을 소개한 뒤 대뜸 특정 날짜에 시간이 되는지, 강의료는 얼마까지 해줄 수 있는지 물어보더군요. 저는 이런 경우엔 설사 누워 있었더라도 바쁜 척을 하며 지금은 통화가 어렵다고 합니다. 주신 번호로 메일 주소를 남기겠으니 이쪽으로 구체적인 내용을 보내달라고 하지요. 모르는 사람이 전화부터 걸어와 업무 요청을 하면 신원 확인이 어려운 건 물론이고 요청 사항을 세내도 재그히기 어려워서입니다.

그런데 경험상 이처럼 다짜고짜 전화부터 하는 사람과는 차후 업무 진행이 매끄럽지 않은 경우가 많더군요. 이런 분들은 추후에 보낸 메일에서 날짜나 시간, 비용 등을 비워두는 경우가 잦고, 심지어는 '장문정 님께' 또는 '전문정 님께'라고 메일을 보내기도 해서 안타깝지만 신속하게 거절의 답을 쓰게 됩니다.

반면, 한 번도 만난 적 없이 메일만 주고받았음에도 신뢰가 생기는 경우도 있습니다. '이 사람은 일잘러가 틀림없어' 하는 확신을 가지게 되면 비용이나 일정 등의 조건이 잘 맞지 않거나 선례가 없어 결과물이 명확하게 그려지지 않아도, 가급적 조율해서 같이 가보려는 마음이 들곤 해요.

잘 쓴 메일의 두 가지 요소

저는 잘 쓴 메일에는 두 가지 요소가 반드시 들어 있다고 생각하는데요. 하나는 전하고자 하는 바를 핵심적으로 요약하는 데서 나오는 간단명료함이고, 다른 하나는 타인의 입장과 시선에서 생각하는 능력인 '조망수용perspective taking'입니다. 전체 흐름을 장악한 채 우선순위를 알고 있다면 비즈니스 메일은 길어지지 않습니다. 또 메일을 받는 사람이 무엇을 필요로 하거나 중요하게 생각할지 상대 입장에서 한 번 더 바라볼 수 있다면 핵심 사항을 놓치지 않을 수 있습니다. 이 같은 메일 쓰는 법 자체는 쉽습니다. 수학 공식처럼 외워서 대입하기만 하면 되지요. 예컨대 업무 청탁 메일을 보낼 때는 다음과 같은 구성에만 충실하면 됩니다.

① 간단히 요약된 제목: [ ]에서 [ ] 요청드립니다

② 자기소개 겸 프로젝트 간단 소개: 안녕하세요. 저는 [ ]에서 [ ]을 담당하고 있는 [ ]입니다. 저희는 [ ]를 목표로 하는 [ ] 회사입니다. 귀하께서 아실 만한 성과로는 [ ] [ ] 등이 있으며 최근에는 [ ] 프로젝트를 진행하고 있습니다.

③ 요청하게 된 이유와 상대의 이익 제시: 귀하의 작업물 [ ]을 보고 감명을 받아 꼭 함께하고 싶었습니다. 저희와 함께해주신다면 귀하의 [ ]에 도움이 되리라 확신합니다.

④ 구체적인 조건 제시: 작업 기간은 [ ]이며, 비용은 [ ]입니다. 일정이나 비용은 약간의 조정이 가능한 부분이니 어려우시다면 편히 말씀해주십시오.

⑤ 연락처 송부: 혹시 필요하실까봐 제 연락처를 남겨놓겠습니다. 제 전화번호는 [ ]입니다. 메일로 연락 주셔도 좋고 전화 주셔도 좋습니다.

⑥ 회신 일정 알리며 감사 인사: 가능하시다면 [ ]일까지 회신 부탁드리겠습니다. 그럼, 기다리겠습니다. 감사합니다. [ ] 드림.

앞서 메일 구성을 수학 공식에 비유한 이유는 외워서 응용해야 한다는 뜻이기도 하지만, 암기 전 원리를 이해하는 일이 먼저라는 의미이기도 합니다. 이러한 모범 템플릿은 메일을 받아보는 사람이 제목을 클릭하는 순간부터 읽는 중간에 생겨날 만한 물음, 다 읽은 후 할 법한 일까지 예측하여 순서대로 배치하고 있습니다. 메일 수신인이 혹여나 겪을 불편함을 미연에 방지하고 있죠. 왜 이런 요소가 필요한지 순차적으로 따져보겠습니다.

①이 필요한 이유는 메일을 받는 사람의 입장에서 '안녕하세요' 같은 제목은 스팸으로 생각해 읽지 않을 가능성이 있기 때문입니다. 하여 간추린 용건을 제목에 넣어야 하지요.

②가 필요한 이유는 상대가 메일을 열었을 때 제일 먼저 궁금한 점이 바로 발신인의 정체라 그렇습니다. 회사명을 언급한 뒤엔 상대가 알고 있거나 흥미로워할 만한 프로젝트를 간단히 소개하고요. 필요하다면 샘플을 따로 첨부하거나 링크를 공유해주는 것도 좋습니다.

②까지 읽은 사람이 궁금해지는 건 '여기에서 왜 나에게 이런 제안을 했지?'일 겁니다. 그걸 감안해 추가 설명을 ③에 삽입합니다. 당신의 작업물을 어떤 경로로 보았는데 함께한다면 서로에게 유익할 것임을 확신한다고 알리는 거지요.

④를 통해 진행 일정과 비용을 알린 뒤

혹시 통화가 더 편할지 모를 상대를 고려해 전화번호를 함께

남깁니다(⑤).

혹시 일정이 여유롭지 않다면 ⑥을 통해 회신 기한을 알리는 편이 빠른 결정을 도울 수 있습니다.

이처럼 잘 쓴 메일은 상대의 입장에서 생각해보고, 그가 불편해하거나 부정적으로 생각할 수 있을 만한 요소를 최대한 배제하는 데서 시작됩니다. 그가 중요하게 여길 법한 요소를 최대한 강조하는 과정에서 완성되는 것이기도 하고요. 배려와 센스가 느껴지는 메일을 읽으면 본 적 없는 발신자에게 호감이 생겨납니다. 비즈니스 메일 작성법은 기술의 영역에 있기에 일단 큰 틀을 익히고 능숙해지면 누구나 기본 이상은 할 수 있습니다.

간호사가 주사를 놓을 때 감정의 동요 없이 "따끔합니다. 따끔" 이라고 말하듯, 대부분의 업무 메일은 영혼 없이 쓸 필요가 있습니다. 일단 영혼 없이 템플릿에 들어갈 기본 정보를 모두 채워놓고, 그 다음부터는 업무의 경중에 따라 영혼의 투입 여부를 결정해야 하죠. 간절히 성사하고 싶은 일일수록 다음 단계부터 정교한 맞춤식 제안이 들어가야 하겠지요. 수신자의 직업이나 현재 상황, 성향 등을 고려하여 그에게 가장 중요할 만한 요소를 다섯 줄 내외로 추가 보강합니다.

요청 메일의 구조가 앞에서 설명한 것처럼 ① 용건이 간략하게 들어간 제목, ② 자기소개 겸 프로젝트 간단 소개, ③ 요청하게 된 이유와 상대의 이익 제시, ④구체적인 조건 제시, ⑤연락처 송부, ⑥회신 일정 알리며 감사 인사로 구성되어 있다고 할 때 ②, ③, ④ 중에서 하나를 골라 특히 강조합니다.

파트너십을 중요하게 생각하는 상대라면 ②를 어필할 필요가 있습니다. 서로의 톤이나 지향점이 비슷함을 알리는 것이지요. 예술가에게는 ③에서 그 작품이 개인적으로도 의미가 있었다는 에피소드를 덧붙여 진심을 어필하면 좋고요. 바쁜 사업가나 왕성히 활동하는 유명인은 ④에서 투입 시간을 최소화할 수 있음을 강조하는 편이 유리할 수 있습니다.

'섭외왕'의 비밀 혹은 비결

회사에서 잡지를 만들거나 기업 홍보 콘텐츠를 만들 때 숱하게 메일을 보냈습니다. 섭외 잘하는 비결이 뭐냐는 질문을 받을 때면 그저 웃고 말았어요. 그때의 제겐 너무 당연해서 딱히 비결이라고 생각을 못했거든요. 사진 촬영을 유독 싫어한다고 알려진 연예인의 매니저에게는 소속사로부터 기존 프로필 사진을 받겠다고 했고, 하루에도 몇 개씩 강의를 하러 다닌다는 강사에게는 이동하실 때 옆자리에 앉아서 인터뷰를 하면 어떨지 메일을 보냈고, 신간을 낸 소설가에게는 그가 써온 책들을 빠짐없이 읽어왔음을 고백했고, 앨범 홍보에 한창인 뮤지션에게는 제가 쓴 기사 중 대박이 난 사례를 언급하며 홍보에 도움이 될 수 있음을 어필했습니다. 특정 캐릭터로 굳어진 유명인에게는 기존과 다른 모습을 보여줄 수 있는 방향의 인터뷰 콘셉트를 제안했지요.

이때 주의할 점은 저자세로 나갈 필요는 없다는 겁니다. '함께 하시죠'의 뉘앙스와 '도와주세요'의 뉘앙스는 다르니까요. 업무 요청 메일은 '우리는 이것을 줄 수 있고 당신도 이를 통해 얻을 것이 있다'는 공정 거래 기반의 제안이지, 어느 한쪽이 밑지는 장사를 하자는 게 아닙니다.

업무 요청 메일을 자주 쓰던 입장에서 업무 요청 메일을 자주 받아보는 상황이 되자, 상대에게 호감을 주는 메일이 생각보다 희귀하다는 사실을 체감하게 됩니다. 기본 정보조차 빠져 있는 메일을 보는 일도 꽤 자주 있고요. 혹시 메일을 쓸 때 막막하거나 확신이 들지 않는다면 기본 템플릿을 먼저 떠올리고 빈칸을 채워보세요. 회사에서 보내는 메일은 그저 신속하고 분명하게 필수 요소만 충족하면 되는 경우가 대부분이니까요. 평소에는 전형적인 메일을 쓰면서 에너지를 비축해두고, 정성을 들여서 써야 하는 메일에는 기본 포맷을 변주하며 강약을 조절해봅니다. 이 같은 차별점을 익혀두면 업무에서 영혼 없이 하는 일과 영혼을 가득 담아 하는 일을 분리할 수 있게 되어서 보다 신속하고 효율적으로 일할 수 있답니다.

마음의 소리를
공적 언어로 변환하는 법

························

대학생 버전

• 성적 이의 신청을 하는 상황 •

- 제 메일 좀 봐주세요. ▶ 안녕하세요. ○○○ 교수님.

- 교수님 수업 들은 ○○○인데요. ▶ 저는 2023년 2학기 〈실용 글쓰기〉 수업을 들은 국어국문학과 23학번 ○○○입니다.

- 수업은 나쁘지 않았지만 ▶ 교수님의 강의를 들은 덕분에 글쓰기에 대한 관심이 많아졌고, 앞으로도 꾸준히 글을 읽고 쓰면서 실력을 키워야 겠다는 생각을 했습니다.

- 다시 교수님 수업 신청할 일은 없을 겁니다. ▶ 후배들에게도 꼭 추천하고 싶은 강의였습니다.

- 제가 받은 성적이 좀 이상해요. ▶ 다름이 아니라, 〈실용 글쓰기〉 성적이 제가 예상했던 것보다 다소 낮게 나와서 어떤 부분에서 감점이 있었을지 궁금해 문의를 드리게 되었습니다.

- 출석도 했고 과제도 다 냈고 딱히 잘못한 게 없는 것 같은데요. ▶ 너무나 좋아했던 수업이어서 출석과 과제 제출을 성실히 하였으며, 시험도 최선을 다해 보았기에 아쉬움이 남아 여쭤봅니다.

- 이유가 뭔지 빨리 답해주세요. ▶ 바쁘실 텐데 번거롭게 해드려 죄송합니다. 한번 확인 부탁드리겠습니다.
- 확인하시고 성적 제발 올려주세요T.T ▶ 최근 들어 날씨가 많이 추워졌는데요, 건강 유의하시길 바라겠습니다. 그럼 답변 기다리겠습니다. 감사합니다. ○○○ 드림.

직장인 버전

• 고객사에 답변을 요청해야 하는 상황 •

- 저예요. 기억하시죠? ▶ 안녕하세요. ○○○○의 ○○○팀 대리 ○○○입니다. 지난번에 만나뵐 수 있어 영광이었습니다. 건강히 지내고 계시지요?
- 미팅한 지가 언젠데 왜 아직도 답변을 안 주시나요? ▶ 지난번 미팅 때 설명드린 ○○에 관하여 진행 가능할지 확인 후 회신 주기로 하셨는데 아직 답변을 듣지 못하여 문의드립니다.
- 뭐가 마음에 안 드시죠? ▶ 혹시 결정하시는 데 도움이 될 만한 자료를 추가로 보내드리는 게 더 좋으실까요? 요청 사항이나 문의 사항이 있으시면 언제든 연락 주세요.
- 빨리 답변 주세요. ▶ 그럼, 긍정적인 답변 기다리겠습니다. 지치기 쉬운 폭염에 건강 유의하시길 빕니다. 감사합니다. ○○○ 드림.

- 기억하고 있습니다. ▶ 안녕하세요. ○○○의 ○○○팀 과장 ○○○입니다. 저도 만나뵈어 반가웠습니다.

- 안 좋은 소식을 전해야 하는데 혼자 정한 거 아니고 팀에서 결정한 거니 저를 원망하지 마세요. ▶ 주신 안건에 관해 진행이 가능할지 내부에서 협의하였습니다. 신중하게 결정하느라 답이 다소 늦어졌습니다.

- 같이할 수 없습니다. ▶ 귀사와 함께하고 싶어서 적극 검토하였습니다만 저희의 기존 브랜딩과 다소 결이 맞지 않는 부분이 있어 이번에는 협업이 어려울 것 같습니다. 제안 주신 행사 진행은 어렵게 되었지만 혹시 추가로 가능한 부분이 있다면 연락드리겠습니다.

- 다음을 기약하고 싶지만 다음이…… 있을까요? 당장 제 앞날도 알 수 없는데. ▶ 다음에 좋은 기회로 함께하기를 바라겠습니다. 요즘 일교차가 큰데 건강 유의하십시오. 감사합니다. ○○○ 드림.

말의 격은

호칭에서 시작됩니다

엄마 그리고 이모들과 제주도로 여행을 간 적 있습니다. 제주 공항 근처 횟집에서 식사를 하던 중 이모가 최근 이사했다는 소식이 화제에 올랐습니다. 엄마는 이모가 간도 크게 일억 원 넘게 대출을 받았다고 핀잔을 줬지만, 그 결정으로 이모는 대구 시내에서 가까운 새 아파트를 처음으로 분양받아 살아보게 되었다고 했죠. 저는 우물거리며 물었습니다.

"이모, 축하해. 그 아파트는 전에 살던 데보다 뭐가 제일 좋아?"

신축 아파트 특유의 다양한 커뮤니티나 내부 구조에 관한 칭찬을 들을 줄 알았는데, 이모가 한 답변은 제 예상을 한참 벗어나는 것이었습니다.

"여 오니까 사람들이 나한테 뭐라고 하는 줄 아나? 사모님이란다, 사모님. 경비실 아저씨도 나한테 그러고 만나는 사람들마다 나한테 다 사모님이라 칸다."

저는 다시 물었습니다.

"어? 그럼 전에는 이모한테 사람들이 뭐라고 했는데?"

이모는 피식 웃었습니다.

"뭐라 카긴 뭐라 해. 그냥 아줌마라 하지."

이모와의 그 대화가 떠오른 건 2020년에 읽었던 에세이 중 주변에 가장 많이 추천했던 책 『친애하는 나의 집에게』에서 이와 비슷한 일화를 읽었기 때문입니다. 저자 하재영은 자신이 어릴 적 살았던 집에서 현재의 집에 이르기까지, 살았던 집들과 그 동네에 얽힌 추억이 자신의 변화와 성장에 어떤 영향을 끼쳤는지 고백합니다. 그중 제가 가장 인상 깊게 읽었던 일화는 그가 목격한 이웃의 싸움에 관한 내용이었습니다. 동네의 분위기가 심각하게 거칠다고 느껴 이사를 가려고 하던 저자는 일층에 이사온 세입자와 인사를 나누게 되는데, 그가 자신을 부르는 호칭에 신선한 충격을 받습니다. 상대는 점잖은 인상의 중년 남성이었는데 자신을 보자마자 "위층에 사는 선생님이시지요?"라고 했습니다. 저자는 그 호칭이 왜 그렇게나 생경하게 들렸는지에 대해 이렇게 설명합니다.

'선생님'은 이 동네에서 주고받을 거라고 생각하지 못한 호칭
이었다. 사람들은 서로를 아저씨, 아줌마, 아가씨, 가끔은 어
이, 형씨 등으로 불렀다. 성별과 나이를 불문하고 상대를 선생
님이라고 존칭하는 사람은 내가 만난 동네 주민 가운데 그가
유일했다.[18]

그 일층의 남자와 인사를 나누고 얼마 지나지 않아 저자는 그
가 동네에서 어떤 이웃과 싸움에 휘말리는 모습을 보게 됩니다. 상
대는 길길이 날뛰며 욕설을 하고 있었고, 중년 남자는 어쩔 줄 몰라
하며 "선생님, 제발" 같은 말을 하고 있었지요. 저자는 속으로 이렇
게 생각합니다. 앞뒤 사정은 모르지만 그 남자가 잘못했을 리 없다
고. 상대를 '개새끼'라고 부르는 사람과 '선생님'이라고 부르는 사람
중에서 후자가 잘못했을 리 없다고 말이지요.

'개'와 '그분', '아줌마'와 '이모님'

누구나 한 번쯤 호칭 때문에 기분이 좋아지거나 반대로 나빠
져본 적이 있을 겁니다. 어떤 호칭을 주로 쓰는 사람을 보면, 그로
인해 부정적인 편견이 생기기도 하고 반대로 우호적인 시각이 생기
기도 합니다. 이처럼 호칭은 매우 중요한데, 단순히 예의 때문만이

아닙니다. 타인을 지칭할 때 어떤 호칭을 사용하는 사람인가를 보면, 그가 자기를 뺀 외부세계를 어떻게 인식하고 있는지 드러나거든요. 특히 한국처럼 친구의 아내를 볼 때조차 '제수씨'라고 부를지 '형수님'이라고 부를지 잠깐 동안 고민하게 되는 고맥락의 문화 속에서는 더더욱 그렇습니다.

대학 시절 신문사에서 인턴 기자 생활을 했는데, 당시 소속된 부서의 팀장은 취재원이든 후배든 이름 뒤에 꼭 '새끼'를 붙여 말했습니다. 사십대 후반 남성인 그는 초년생 시절 무대뽀 정신이 곧 기자 정신이라고 교육받은 후 조금도 업데이트되지 않은 듯 보였습니다. 초년 기자 시절 술을 진탕 먹고 파출소장실 문을 발로 차서 부수고 들어간 일화를 기자 정신의 사례로 우려먹는 구시대의 막내로서, 그는 언제나 거들먹거리며 위세를 떨치는 듯 보였습니다. 하지만 어린 제 눈에도 그는 그런 식의 껍데기를 쓰고 있어야 안전함을 느끼는 유약한 부류로 비쳤습니다. 대부분의 사람은 그에게 '새끼'로 불렸고 친분이 있으면서 사회적 지위가 있는 사람은 조금 더 승격해 '개'라고 지칭되었습니다. "아, 이번에 바뀐 대표 개 말이야?" 같은 식이었죠. 항상 다른 사람을 자기보다 내려다보는 태도가 아슬아슬해 보였는데, 제가 그 회사를 그만둔 뒤 그가 후배에게 훈계하다가 따귀를 때려서 징계를 받았다는 소식을 전해듣기도 했습니다. 그를 보면서, 다른 사람 앞에서 자기의 존재감을 확인하고 어떻게든 우위를 차지해보려는 사람이 선택하는 저급한 호칭의 대표적

예가 '새끼'라고 생각하게 되었습니다.

　자리에 없는 사람을 지칭할 때 '걔'라고 하는 사람이 있고 '그분'이라고 하는 분이 있습니다. 식당에서 '이모님'이라 부르는 분이 있고 '아줌마' '어이'라고 부르는 사람이 있습니다. 저는 처음 만난 사람을 지칭할 일이 있으면 가능하면 '선생님' 또는 '사장님'이라고 부릅니다. 고민이 될 때는 "제가 어떻게 불러드리는 게 좋으세요?"라고 물어보기도 해요. 상대를 향한 존중은 호칭에서 시작되니까요.

　호칭은 무의식적으로 제가 상대에게 하는 대우를 결정할 뿐아니라 나의 격마저 결정합니다. 한국의 IT업계나 스타트업에서 직원들끼리 영어 이름을 부르거나 직급 대신 '~님'이라고 부르는 문화를 두고 우스꽝스럽다고 비판하는 시각도 있지만, 저는 그렇게 생각하지 않습니다. 이는 단순히 이름에만 국한된 움직임이 아니고 권위적인 문화를 바꾸겠다고 하는 의지의 표현이기에 그 의도는 격려받아야 합니다. 나의 '급'을 올리고 싶다면 주변 사람들의 '급'을 올려서 부르는 연습을 먼저 하면 됩니다. 호칭은 단순히 호칭만이 아니니까요.

최악의 상황에서도
품위를 지켜내는 비폭력 언어

아버지와 연락을 끊은 지 석 달이 지나갑니다. 남편 볼 면목이 없으니 두 번 다시 하지 말아달라고 간곡히 부탁한 행동을 아버지가 또다시 해버렸거든요. "제게 이럴 권리가 없습니다"라고 메시지를 보낸 뒤 모든 연락을 차단했죠. 그 때문에 한번은 남편을 통해 아버지가 전화를 했더군요. 남편은 난감해하면서 어서 연락을 해보라고 재촉했지만 그저 내버려두었습니다. 마음이 잠잠해질 때까지 기다릴 겁니다. 이럴 수 있을 때면 어른이 되어 다행이라고 새삼 생각해요. 부모가 보고 싶지 않을 때 보지 않아도 되니까, 고함과 욕설, 울음과 비명, 비아냥거리는 소리, 푸념과 한탄과 의심의 소리……

더이상 그런 소리를 듣고 있지 않아도 되니까요.

아버지의 존재감을 돌돌 말아서 덮어둔 건 이번이 세번째인 것 같네요. 첫번째는 수능시험을 치러 가기 위해 미리 예약해둔 택시로부터 당일 아침 취소 연락을 받았을 때였습니다. 택시 회사 여러 군데에 급하게 전화를 돌리는 제 옆에 아버지가 있었습니다. 날이 날이니만큼 콜택시 업체들은 통화 연결조차 되지 않았고, 시간이 흐르며 초조해진 저는 그간 하지 않았던 부탁을 했습니다. 시험장까지 태워줄 수 있느냐고요. 버스 운전사였던 아버지가 근무시간 외에는 피곤하다며 운전대를 잡지 않으려 함을 알고 있었지만, 수능일이니까, 그가 쉬는 날이니까, 어쩌면 해줄 수도 있다고 생각했습니다. 그러나 아버지는 "알아서 해라. 귀찮다"고 하며 안방으로 들어가 벌러덩 누워버렸죠.

두번째는 아버지에게 운동화 선물을 한 뒤에 문자를 받고서입니다. 사회 초년생 시절, 처음 제주도에 갔을 때나 오래 신어도 발이 아프지 않은 신발을 발견했을 때 부모 생각에 죄책감이 들었습니다. '사는 게 몸부림이나 체념의 과정이 아니라 즐길 수도 있는 일이라는 사실을 우리 엄마 아빠는 모르는데. 최저가만 따지지 않는 세상도 있다는 걸 모를 텐데 나만 알아서 어떡하지. 밉지만 불쌍한 우리 엄마 아빠.' 애잔한 마음으로 초기에는 월급을 쪼개 용돈을 보냈습니다. 어느 날에는 아웃렛에서 운동화를 사 집으로 부쳐주었죠. 택배를 받았냐는 제 질문에 아버지는 이런 답 한 줄만 덜렁 보내왔습니다.

"이거 가짜지?"

아버지를 보고 있으면 행복해질까봐 무서워하는 사람 같아요. 좋은 걸 좋다고 말하는 순간 시샘 많은 귀신의 저주에 걸릴까봐 겁내는 사람이요. 휴양지의 식당에 가면 옆자리 가족들이 테이블 두 개를 붙이고 앉아 두런두런 대화하는 게 들립니다. 아마도 자식들이 모시고 왔을 듯한 식당에서 어떤 분은 먹는 내내 투정을 해요. 이런 걸 이 돈 주고 먹느냐, 뭐가 좋다는 건지 당최 모르겠다…… 반면 어떤 가족 모임 테이블에서는 이런 소리가 들려요. 데려와줘서 고맙다. 이런 것도 먹어보는구나. 자식 잘 둔 덕에 호강하네…… 후자의 테이블에 앉은 가족들은 다음에도 여행을 함께할 확률이 높겠죠. 반면 전자의 테이블에 앉은 자식들은 같이 여행 온 걸 내심 후회하고 있을 겁니다.

우리 다섯 식구가 여행을 간 건 딱 한 번뿐이에요. 정확히는 근교로 나가려다 다시 돌아왔죠. 처음 가는 여행에 신이 난 아버지가 과속을 했는데 경찰차가 따라와 딱지를 끊어 벌금이 나왔거든요. 우리 주제에 여행은 무슨, 이 꼴이 날 줄 알았다고, 역시나 이럴 줄 알았다고 엄마가 비아냥거렸어요. 둘은 서로에게 어떤 식으로 말해야 화를 돋울 수 있는지 잘 알았어요. 서로의 급소를 타격해서 최단 시간에 싸움에 도달하려 연구라도 하는 듯했어요. 얼려서 챙겨간 음료수가 다 녹기도 전에 울며 집으로 돌아왔죠. 그후 우리 가족에게 여행은 금기가 되었습니다. 왜 어떤 이들에게는 불운과 불행이 퐁당퐁당 끝없이 이어질까요?

부드럽지만 정확하게 표현하는 연습

저는 초등학교 저학년 때까지 반에서 학습 부진아로 분류되어 방과후 남아 있던 아이였습니다. 처음에는 12월생이라 그렇다고 믿었어요. 교과서는커녕 사람들의 말을 이해하는 일 자체가 어려웠기에 지능이 낮은 건지 고민한 적도 있죠. 어린이집이나 유치원은 다닌 적 없고 초등학교 입학 전까지 학습이라는 걸 해본 적 없어 그런가 싶기도 했어요. 하지만 이제는 그 답을 알아요. 각종 연구 결과에 의하면 학대와 빈곤을 경험한 아이들에게는 뇌가 빨리 닳는 후유증이 남기 쉽습니다. 감정 조절을 담당하는 뇌의 연결 회로 발달에 이상이 생기기에 언어적 지능과 이해력이 저하되고, 우울과 불안 증세에 시달릴 확률이 커지거든요. 눈치보고 생존하는 데에만 에너지를 몰아 써도 부족한 상태니까 뇌가 금세 과부하에 걸려버리고 마는 거예요.

일본인이지만 영국으로 건너가 보육사로 일한 경험을 담은 브래디 미카코의 책 『아이들의 계급투쟁』을 보면 이런 일화가 나와요. 한 살짜리 데이지는 어린이집에서 말끝마다 퍽Fuck을 연발합니다. F 발음이 아직 어려운지라 선생님이 말을 걸 때마다 '억 유' '어킹 유' 같은 식으로 말해요. 겨우 한 살짜리가요. 브래디 미카코는 데이지의 부모가 서로 대화할 때 오가는 말의 절반 이상이 '퍽' 아니면 '퍼킹'으로 이루어져 있음을 목격합니다. 이런 부모와 함께 있으니 데이지가 처음으로 한 말이 '퍽'인 것도 놀랍지 않죠. 데이지 같은 경험을 하는 아이들의 뇌가 그러지 않은 환경 속 아이들의 뇌와 비슷한 게 어쩌면 더 이상한 일이 아닐까요.

제 부모님은 악인이 아니에요. 기댈 곳이 없고, 돈이 없고, 하는 일마다 잘 풀리지 않고, 그 와중에 아이들은 셋이나 되니 마음의 여유가 없었을 뿐이죠. 자꾸 날카로워져서 서로 탓하게 되고, 그러다 습관적으로 싸움을 하게 되는 부부. 동물도 그렇잖아요. 비좁은 우리에 사육하는 닭이 늘어나면 서로 공격하다 그중 제일 약한 놈부터 털이 숭숭 빠진 채 바닥에 깔려 죽는다더군요.

책을 도피처로 삼은 후 저조한 학습 능력 문제는 해결되어갔어요. 어차피 친구가 없고 학원에도 가지 않으니 남는 건 시간뿐이었거든요. 도서관에서 종일 책을 파다보니 국어 성적이 먼저 올랐고, 자연스럽게 사회나 영어 같은 성적도 따라 상승했죠. 중학교 이후로는 성적이 큰 문제가 되지 않았어요. 그런데 저를 가장 오랫동안 괴롭혀온 부분은 분노가 일렁일 때 비아냥거리고 싶은 걸 참는 일이에요. 더 날카로운 표현을 찾고 싶은 충동을 참느라 턱이 얼얼해질 때가 있습니다. 그래서 꾸준히 노력합니다. 암이나 당뇨 등 가족력이 있다면 더욱 건강에 신경쓸 필요가 있듯이, 분노의 말을 다 듣는 건 제가 평생 안고 가야 하는 약점이라 생각해요.

돌이켜보면 부모와 다른 사람이 되겠다는 의지가 이십대에 했던 거의 모든 행동의 원동력이었던 것 같습니다. 특히 상처 주지 않고 말하는 법에 대한 책을 많이 찾아 읽었습니다. 매일 도서관에 들러 심리학과 화법 분야에 있는 책을 꽂혀 있는 순서대로 독파해나갔을 정도니까요.

그때 읽은 책 중 가장 마음에 남아 있는 것이 바로 『비폭력대화』입니다. 잘 보이는 곳에 두고 지금도 한 번씩 페이지를 넘겨보곤 해요. 원제는 'Nonviolent Communication', 줄여서 NVC라고도 부릅니다. 이 책은 견디기 힘든 상황에서도 품위를 유지하는 능력을 키워주는 대화법에 대해 설명합니다. 책을 참고해서 습관적으로 타인의 말에 반응하는 대신, 잠깐 멈추고 제 상태부터 관찰하는 법을 익혔습니다. 제가 원하는 게 무엇인지 차분히 의식해보고 '더 세고 날카롭게' 대신 '부드럽지만 정확하게' 표현하는 연습을 해나갔죠.

비폭력대화의 시작은 어떤 상황에서든 실제 일어나는 일을 있는 그대로 관찰하는 겁니다.

상대방의 행동에 대한 판단이나 평가를 미루고, 관찰한 바에 대해서만 명확하고 구체적으로 말하는 방식이죠. 예를 들어, 사람들은 화가 날수록 자기가 그 태도를 어떤 의미로 받아들였는지를 강조합니다. 매번 지각하는 사람에게 "넌 상습적으로 날 무시하는 인간이야"라고 하거나, 약속을 잊어버린 사람에게 "넌 항상 그런 식이야"라고 공격하는 것이죠. 그런데 이를 객관적인 상황으로 표현하기만 해도 분노의 강도가 뚝 떨어집니다.

다음으로는 그 행동을 보고 어떻게 느끼는지 나의 마음에 대해서만 말하는 겁니다.

마음이 아프다거나 두렵다거나 서러웠다거나 속상하다는 느낌에만 충실하면 됩니다. "술만 처먹으면 매번 연락도 안 되고 뭐하는 짓이야?"가 아니라, "당신이 어제 술자리에 간다고 한 뒤 연락이 안 되길래 너무 걱정이 되고 불안해서 잠을 못 잤어"라고 표현하는 것이죠.

제일 중요한 건 자신이 알아차린 이 느낌이 내면의 어떤 욕구와 연결되어 있는지를 밝히는 겁니다.

화를 낼 때 많은 이들이 자기가 무엇을 원하는지를 정확히 모릅니다. 그것도 모르면서 무턱대고 짜증을 내는 경우가 많죠. 하지만 부정적인 감정을 표출하기 전 스스로 구체적인 결론에 도달해 있어야 해요. "너는 왜 그렇게 더럽게 사니?"가 아니라 "집에 들어오면 정돈이 좀 되어 있으면 좋겠어. 피곤한 상태로 들어왔는데 집이

어질러져 있으면 치워야 한다는 생각에 스트레스를 받게 되더라고. 집은 온전히 쉬는 공간이기를 바라는데 어떻게 하면 그렇게 될 수 있을까?"라고 개선을 위한 대안을 모색하는 말하기를 해야 합니다.

비폭력대화의 핵심

비폭력대화의 핵심을 정리하면, 객관적으로 상황을 관찰한 뒤 자기가 받은 느낌을 들여다보고, 상대에게 표현하고 싶은 내용이 있다면 구체적으로 요청하는 것입니다. 일례로 어머니가 아들에게 이런 말을 한다고 가정해보겠습니다.

"너는 방구석이 왜 이렇게 엉망이니? 돼지우리가 따로 없다. 방은 그 꼬라지로 해놓고 얼굴만 반질반질 씻고 다니는 거 여자친구도 아니? 네 방만 보면 아주 그냥 짜증이 나서 돌아버리겠다."

이 말을 비폭력대화 방식을 사용해 바꿔보죠.

"일주일째 양말과 속옷이 네 방바닥에 어질러져 있네. 당연히 엄마가 다 치워줄 기라고 생각하는 것 같아서 속상해. 네 방은 네가 치우기로 전에 약속했던 거 기억하지? 앞으로는 최소한 빨랫감만이라도 세탁실에 넣어두면 좋겠다."

정보를 넣어 상대에게 말하는 연습을 하다보면 더이상 분노의 증폭기가 작동하지 않는다는 사실을 깨닫게 됩니다. 말꼬리를 잡을 일이 없기 때문이죠. 말싸움을 하는 과정을 자세히 들여다보면, 애초 시작된 메시지 자체보다 그 메시지를 전달하는 태도에 빈정이 상해 감정적으로 되받아치다 화르르 분노의 화염에 휩싸이는 게 대부분입니다.

또한 비폭력대화의 언어로 말하는 연습이 되면 어느 순간부터는 타인이 거칠게 말하더라도 그 안에 담긴 욕구를 읽게 됩니다. 자기 의사를 부드럽게 표현하는 한편, 다른 사람도 그렇게 할 수 있도록 도우며 대화의 흐름을 이어나가기가 수월해지는 거예요. '저 사람은 사실 이걸 해달라는 말을 하고 싶은데 그걸 제대로 못해서 거칠게만 표현하고 있구나' 하고 속내 파악이 되거든요. 상대에 대한 연민이 생겨나기에 최소한 함께 손을 잡고 더 낮은 곳으로 추락하지는 않게 됩니다. 물론 그같이 대처했는데도 상대가 막무가내로 굴면 입을 다물고 일단 자리를 피하는 게 상책이고요.

비폭력대화의 언어로 부모에게 말을 걸어보았지만 번번이 저는 실패합니다. 딱히 실망스러운 일은 아닙니다. 부모님은 바뀌지 않을 거예요. 하지만 애초에 부모님을 바꾸는 건 제 목적이 아니었습니다. 도달할 수 있는 목표는 제가 바뀌는 것뿐이에요. 그것만이 가능하다는 걸 알고 있어요. 연애와 결혼까지 십 년을 함께한 남편과 거의 싸워본 적 없다는 게 증거 중 하나입니다. 부부가 서로 상처 주지 않고 지내는 게 가능함을 삶에서 직접 목격중이죠. 제가 선택할 수 있었던 유일한 가족에게만은 실패하지 않을 거예요.

싸울 때조차 상대를 존중하는 법, 상대와 나의 존엄을 지키면서 우아하게 원하는 바를 이야기하는 법은 누구나 배우고 익혀서 써먹을 수 있는 교양입니다. 다정한 말이 어색한 사람일수록, 말로 상처받은 트라우마가 남아 있는 사람일수록, 잘 아는 뾰족함을 뛰어넘어 직접 꾸며낸 자립의 공간에서 편안해지기를 바랍니다. 그곳은 유전자나 재능이나 운 같은 게 필요 없는 귀하고 폭신한 세계니까요.

비폭력대화
관계별 적용 사례

....

제가 생각하는 비폭력대화의 뼈대는 딱 두 가지입니다. 첫번째는 비아냥 거리지 않기, 두번째는 상대에게 뭘 원하는지 정확하게 이야기하기. 이것만 지켜도 대화에 피가 튀는 걸 상당 부분 막을 수 있습니다.

친구와의 관계에서

미친 거 아냐? 또 늦었네? (분노) 넌 진짜 답이 없다. (비아냥) 넌 왜 이렇게 맨날 늦어? (일부 사건을 전체로 확대) 너 다른 사람 만날 때는 안 그러면서 나한테만 그러지? 내가 만만하냐? (피해의식)

▼

지난번에도 늦었는데, 이번에도 늦었네. (사실) 요즘 무슨 일 있는 거야? (걱정/질문) 나랑 한 약속을 소중하게 생각하지 않는 것 같아서 서운한 마음이 들어. (화나는 이유 설명) 다음에는 늦을 것 같으면 미리 말해줄래? (대안 제시)

부모 자식 관계에서

시험기간이라더니 하루종일 굴러다니고 있네. 게을러터져가지고…… 그 꼬라지로 퍽이나 취업도 하겠다. (비하) 넌 대체 대학은 왜 다니냐? (질문을 가장한 평가) 너만 보면 속이 터져 살 수가 없다. 고생을 좀 해봐야 정신 차리지. 뭘 잘했다고 그런 표정이야? 잔소리 듣기 싫으면 내 집에서 나가! (격분)

▼

시험기간이라고 하더니 아침부터 지금까지 휴대폰만 보고 있네. (사실) 그러다 성적 나오고 나면 후회하지 않겠어? (걱정) 집에서는 자꾸 눕고 싶어지니까 책 들고서 카페라도 가면 어떠니? (제안)

직장 내 관계에서

보고서에 오타가 있는지 없는지 확인도 안 하고 아주 그냥 막 넘기시네요? (비아냥) 신입도 안 할 실수를 지금 그 연차에…… (비하) 어휴. 정신 차리고 잘 좀 합시다. (모호한 제안)

▼

보고서에 오타가 열 개 넘게 있네요. (사실) 이러면 보고서에 대한 신뢰가 떨어집니다. (고쳐야 하는 이유) 다음부터는 맞춤법 검사기를 한번 돌린 후에 보고서를 제출해주세요. (구체적 제안)

무해한 사람이 되고 싶다고

말하기 전에

제일기획 부사장 출신으로, 현재는 책방을 운영하고 있는 최인아 대표가 『내가 가진 것을 세상이 원하게 하라』를 내며 한 매체와 인터뷰한 글을 읽었습니다. 그는 요즘의 출판 트렌드와 맞지 않게 위로의 뉘앙스가 없고 도전적으로 느껴지는 제목을 쓴 이유를 설명했습니다.

언제부턴가 "우리 좀 잘해보자"라는 말이 잘 들리지 않아 아쉬웠다고요. 그는 꼰대처럼 들리더라도 어쩔 수 없다면서 지금 우리나라에서 부는 바람은 "안 해도 괜찮아"지만 자기는 그 시간을 통과한 사람으로서 동의할 수 없다고 말했습니다.

다들 우르르 몰려가 하는 말이지만 다른 입장이 있다고 반박하고 싶어지는, 그게 현실이거나 시대정신이라고 하지만 고개를 갸우뚱하게 되는, 그러나 참지 못하고 그 말을 해버렸다가는 이상한 취급을 받을까봐 그저 삼켜버리고 마는 말이 제게도 있습니다. 어릴 때는 '부모 복이 최고다' '여자는 예쁜 게 최고' 같은 말이 그러했고 조금 더 커서는 '열심히 해봤자 아무 소용없다' '그놈이 그놈이다' 같은 말이 참 듣기 싫었습니다. '일단 낳기만 하면 알아서 큰다' 같은 말도, '조물주 위에 건물주' 같은 말도, 코로나19가 한창이던 시기에 부자 되기 열풍이 불면서 '경제적 자유' 운운하며 근로소득을 무시하는 말도 매번 불쾌했죠.

이 정도로 듣기가 괴로운 것까지는 아니지만 최인아 대표가 최근 '안 해도 괜찮아'라는 말을 들으며 갸우뚱했듯이 저 또한 딱 그 정도의 의아함이 드는 표현이 하나 있습니다. 그건 바로 '무해하다'라는 말입니다.

"저는 무해한 사람이 되고 싶어요."
"무해한 말하기(글쓰기)를 하고 싶어요."

글쓰기 모임이나 독서 모임을 꾸릴 때면 첫 시간에 자기소개를 하게 되는데요. 그때 종종 이런 말을 듣습니다. 특히 '자기표현의 기술을 키우는 글쓰기' '자기표현의 기술을 키우는 말하기' 유의 수업을 열 때 꼭 한 번은 등장하는 발언이에요. 마음을 제대로 표현하는 법을 배우고 싶고 이를 무해한 방식으로 해내고 싶다는 거죠.

여기서 무해한 말하기란 어떤 뜻일까요? 그 말의 의미를 더 자세히 알고 싶다고 청할 때 수강생들은 주로 이런 말을 합니다.

"제 이야기를 하되, 누구에게도 상처 주지 않는 거죠."
"약자를 고려하는 말하기를 하고 싶어요."
"편견 있는 말, 폭력적인 말을 하지 않으려고 해요."

저는 그런 말을 들을 때 고개를 끄덕입니다. 그리고 한 번 더 물어보곤 합니다.

"좋습니다. 그런데 궁금한 게 있어요. 그걸 지향하는 건 반론의 여지가 없을 만큼 당연하고 옳지만, 우리가 무해한 사람이 되는 게 정말 가능하다고 생각하시나요?"

정확하게 자기표현을 하고 싶지만, 그 목표로 무해한 사람이 되고 싶다고 말하는 눈동자 앞에서 저는 혼란스러움을 느낍니다. 자유형도 하지 못하는 초보가 강습 첫날부터 오리발을 끼고 싶다고 하는 것처럼 들리기 때문입니다. 글을 완성하지도 않았는데 퇴고부터 하겠다는 말로 들리기도 합니다. 자기표현 자체를 제대로 해보지 않은 상태에서 '누구에게도 상처 주지 않는 말을 하겠다'는 목표를 잡으면, 그 선한 의도에도 불구하고 오히려 말하기 자체가 위축될 수 있으니까요.

무해한 말하기를 하고 싶다는 목표는 어느 정도 연륜과 경험이 쌓인 상태로 자기표현에 능숙해졌을 때 지향해야 한다고 봅니다. 무해한 사람이 되겠다거나 무해한 말을 하겠다는 걸 목표로 해야 한다면 당장 저부터도 입을 다무는 쪽을 택할 수밖에 없습니다. 말을 하면 할수록, 다양한 사람을 만나면 만날수록, 그간 얼마나 편협하게 말해왔는지를 확인하게 되거든요.

핵심은 지속성과 다양성

한 달 이상 진행되는 글쓰기 수업을 할 때 저는 받아둔 자기소개서를 강의 중반부에 읽어봅니다. 수업 전에는 읽어봐도 머리에 남지 않고 흘러가버리는데, 어느 정도 이름과 얼굴이 연결될 때쯤 보면 수강생들의 관심사와 특징이 잘 각인되거든요. 이때 헉 소리가 나오면서 파일을 클릭하던 손으로 얼굴을 감싸쥐게 될 때가 있습니다.

부모님을 기억하지 못하는 채 보육시설에서 자랐고, 지금은 경기도에서 혼자 살고 있다는 친구의 지원서를 읽자, 글쓰기 워크숍 시간에 예를 들다가 "우리의 부모님들은 ~ 말씀 많이 하시잖아요" "우리 십대일 때 생각해보면 부모님과 ~한 기억이 하나쯤 있잖아요" 같은 말을 여러 번 했던 기억이 났습니다. 제 상상력과 공감 능력은 '부모님 때문에 힘들어하는 사람' 정도까지만 미치지, 그 이상에는 도달하지 못하는 겁니다.

우울증이 너무 심해 퇴사 후 한 달째 집밖을 한 번도 나가지 않았다고 하는 지원서를 읽었을 때도 초조하게 손톱을 물어뜯었습니다. 직전 수업 시간에 "우울증을 마음의 감기에 비유하곤 한다"는 식으로 말한 적이 있는데 그 친구에게 너무 가볍게 들리지 않았을까 걱정되었거든요. 속으로 기분 나빠하지 않았을까 하며 그 친구의 눈치를 본 적도 있습니다. 이처럼 제 입을 때리고 싶을 때가 몇 번이고 생깁니다. 제가 유독 경솔한 사람이어서 그럴까요?(그게 아니라는 건 아니지만……)

일회성 강의를 할 때도 비슷한 이유로 당황스러울 때가 있습니다. 예컨대 서울이나 경기권에 있는 도서관에서는 평일 저녁 일곱시나 토요일 오후에 특강을 할 때가 많습니다. 도서관에서 주최하는 행사에 참석하는 사람들은 삼사십대 여성들이 주류인데, 그들이 퇴근한 후에 참여할 수 있도록 하기 위해서죠. 여기서의 기본 전제는 삼사십대 여성들이 일을 하고 있다는 것입니다. 제가 생각하는 성인의 기본값 또한 남성이든 여성이든 급여를 받는 일을 하는 겁니다. 또는 일자리를 구하는 예비 직장인이거나 휴직중인 임시의 상태죠. '기혼' 아니면 '미혼(결혼을 아직 안 한 상태)'이라 구분하는 말처럼 제 사고의 틀도 '일을 하거나 일을 잠시 쉬는 것' 둘 중 하나에 머물러 있습니다.

군 단위의 도서관은 물론, 지역에 위치한 도서관에서는 요청하는 일정이 바뀝니다. 평일 오전 열시에 시작할 때가 제일 많고 늦어도 오후 두시 전에 진행하는 경우가 대부분입니다. 삼사십대 여성들이 대부분 전업주부이며, 자녀가 있다는 걸 가정한 스케줄이죠. 아이를 보육시설이나 학교에 보낸 뒤 강의를 들을 수 있도록 배려하는 것입니다. 하원이 대개 네시 삼십분에는 마무리되니까 신데렐라처럼 아이를 데리러 가는 시간이 정해져 있는 사람들은 열시부터 네시 사이에만 강의를 들을 수 있는 것입니다. 그처럼 평일 오전에 시작하는 행사거나 전업주부의 참여 비율이 높은 곳에서는 제가 '직장인'을 기본값으로 생각하고 말하는 경우가 얼마나 많은지 놀라며 중간에 표현을 수정할 때가 많습니다.

한번은 의사가 쓴 책을 읽는데 이런 표현이 나오더군요.

"내가 전염병 전문의인지라 '바이러스처럼 퍼졌다'라는 표현은 쓸 수 없는 점 양해 바란다."

그 대목을 읽고 '이토록 일상적으로 쓰이는 표현이어도 누군가에게는 불편할 수도 있구나' 새삼 놀랐죠. 이런 글을 읽은 기억도 납니다. 조류보호구역에 가서 설명을 듣던 도중 무의식적으로 "그것참 일석이조네요"라고 했다가 "여기서는 그런 말을 쓰지 않습니다"라는 답변을 들었다는 사람의 반성이었죠.

무해한 표현을 쓰는 일이 어려운 이유는, 같은 말이어도 마주하는 사람의 입장에 따라 전혀 다른 의미로 받아들여질 수 있기 때문입니다. 누구의 미움도 받지 않는 사람은 없듯 누구에게도 오해받지 않을 수 있는 말이란 없습니다.

저는 목표를 현실적으로 바꿔야 한다고 생각합니다. 무해한 사람이 되고 싶다는 목표 대신, 시행착오를 거치면서 다양한 관계를 꾸준히 이어가겠다는 목표를 설정하는 것이죠. 여기서 핵심은 지속성과 다양성입니다. 계속되는 관계나 시도 속에서 우리는 나와 다름에도 불구하고 견디는 법을 배웁니다. 잘못을 인정하고 다른 표현을 시도해볼 수도 있습니다. 상처받지 않는 말만 주고받을 수 있는 관계만을 지속한다는 건 나와 애초에 알고리즘이 비슷한 사람만 만나고 있다는 뜻입니다. 거기서는 조심하기 어렵고 새로운 배움이 생겨나기 어렵습니다.

또, 무해한 말하기를 하겠다는 목표에만 치중하면 세상에 무해한 사람과 유해한 사람이 나뉘어 있다는 이분법적 사고를 하게 되기도 쉽습니다. 유해한 표현은 많지만 유해한 사람은 별로 없음에도, 그런 사고 아래에서는 누군가 실수했을 때 사람 자체를 내치듯 손절해버리게 됩니다. 어떤 표현을 썼는가는 물론 중요하지만 그 표현이 어떤 맥락에 있었는가를 확인할 때 전혀 다른 의미로 해석될 수도 있는데 말이지요.

　독일 철학자 로마노 과르디니의 『삶과 나이』는 인생의 시기를 태아, 유년기, 청년기, 성년기, 중년기, 노령기, 고령기로 나누어 각 시기마다 인간이 해결해야 할 과제나 실현해야 할 가치에 대해 주장합니다. 한 시기에서 다음 시기로 이동할 때 자주 발생하는 위기와 그 극복 방안에 대해서 설명하고 있지요. 책 중에서 밑줄을 그은 부분은 청년기에 필히 만나게 되는 교차로에 대한 이야기였습니다. 과르디니는 이렇게 말합니다. 청년기의 인간은 이상주의적 태도로 인해 언젠가 실패를 맛보게 된다고요. 그로 인해 자기가 할 수 있다고 믿었던 많은 일들이 사실은 그렇지 않다는 것, 자기의 진짜 능력은 어딘가 다른 데 있다는 걸 알아가죠. 책에는 이렇게 표현되어 있습니다.

　그는 세상사가 얼마나 복잡한지 깨닫습니다. 세상에 단순한 규칙으로 되는 일은 거의 없고, 모든 일이 '한편으로는 그렇지만 다른 한편으로는 그렇지 않다'는 식이라는 사실, 절대적인 원칙이란 것은 극히 비현실적이라는 사실을 알아차립니다. 그래서 청년은 결코 결행할 수 없으리라 생각했던 것을 결행하지 않을 수 없게 됩니다. 타협을 하는 것이죠. 원하는 바를 실현하기 위해서, 자신의 요구가 지니는 절대성을 포기하는 것입니다.[19]

사람은 증류수를 마실 수 없고, 그 어떤 예외도 인정하지 않는 절대적인 원칙은 매일 지킬 수가 없습니다. 저는 말실수를 했음을 느낄 때마다 반성한 뒤, 나와 다른 사람과 있었던 경험 덕분에 다른 방면으로 생각해볼 수 있었으니 한결 성장하게 되었다고 정신 승리를 합니다. 실수로 유해한 표현을 썼더라도 욕을 좀 먹고 나서 사과하고 고치면 되니까요. 중요한 건 같은 실수를 반복하지 않는 것이지 실수 자체를 하지 않는 게 아니에요. 무해한 표현을 연구한다고 해서 무해한 사람이 되는 게 아니라, 자신이 유해한 사람이었다는 것을 인정하고 개선을 다짐할 때 우리는 무해한 사람에 가까워질 수 있습니다. 그러기 위해서는 생각이 다르고, 배경이 다른 사람들과의 다채로운 관계 속에 나를 노출하는 게 우선입니다.

저는 자기표현의 기술을 배우고자 하는 분들이 나이가 어릴수록 "무해해지고 싶다"는 표현을 쓰는 대신 이렇게 말하기를 바랍니다. "이 수업을 통해 더 많이 말해보고, 다른 분들이 쓰신 걸 열심히 읽어보면서 제 표현의 범위를 넓혀보고자 합니다"라고요.

네,
우리는 '남'입니다

책에 저자 소개를 쓸 때 저는 제일 먼저 대구 출신임을 밝히곤 합니다. 출신 지역을 밝히는 이유는 어린 시절 느꼈던 서울 콤플렉스 때문입니다. 모든 문화적 진원지가 서울이니까 대구에 남아 있으면 기회가 없을 거라 여겨 절박했을 때, 한편으론 서울 출신이 아니더라도 괜찮다는 말을 듣고 싶었습니다. 지방 출신이면서 여기저기 왕성히 활동하는 작가들을 보면 어찌나 위로가 되던지. 그래서 혹시 예전의 저 같은 사람이 행여 있을까봐 대구 출신임을 꼭 명기하고 있죠. 여기까지 쓰고 보니 이 또한 지방 출신들이 가지는 특유의 성서 같아요. 서울 사람들은 딱히 신경쓰지 않는데, 지방 사람들은 유명인을 보더라도 누구는 창원 출신, 누구는 마산 출신 같은 걸 잘도 기억하더군요. 어디 보자, 강다니엘은 부산 영도 출신이고 손예진은 대구 출신이고 임영웅은……

한편 서울에서 만나게 되는 경상도 출신 여성들끼리는 눈빛으로 통하는 유대감이 있습니다. 비슷한 또래 경상도 출신 여성과 대화를 나누다보면 남녀 차별이 심하고 보수적인 분위기 속에서 답답함을 느껴 그곳을 떠나왔다고 말하는 이들이 많습니다. 요즘은 좀 다를지도 모르지만요. 그러고 보니 대구에 있는 도서관에 초청받아 갔다가 중년 남성 독자에게 이런 항의를 받은 기억이 나네요.

"작가님은 대구분인데 책에서 대구를 왜 이렇게 나쁘게 써놨습니까? 좋은 얘기만 써야 될 거 아입니까?"

대구에 살 때는 몰랐지만 서울에서 뿌리를 내리게 되며 대구 특유의 화법을 외부인의 눈으로 관찰하게 되었습니다. 대구 사람끼리는 괜찮지만 타지역 사람들에게는 오해를 불러일으킬 때가 많다는 사실을 알게 됐죠. 회사에 다닐 때 서울 출신 지인들이 경상도 출신 상사의 화법 때문에 괴로워하며 속뜻이 무엇인지 물어보곤 했거든요. 한번은 친구가 회사에서 발표를 했더니 경상도 출신 상사가 "이야, 니 참 가식적이다. 뻔뻔하게 잘도 하네"라고 했다는 겁니다. 그게 대체 무슨 뜻인지 당황해하기에 저는 그 말을 이렇게 통역해주었습니다.

"그거 완전 칭찬인데? 네가 긴장한 티를 전혀 안 내고 매끄럽게 잘했다는 뜻이야."

애초에 칭찬 자체를 쑥스럽게 여겨 잘 하지 않고, 칭찬을 하더라도 칭찬이 맞는지 아닌지 헷갈리게 하고, 비난을 할 때는 눈물을 쏙 빼놓게 하는 이 같은 화법을 저는 경상도식 충격 요법의 언어라고 부릅니다. 대구 음식은 유독 맵고 짜고 달기로 유명하죠. 식탁 위를 보면 대개가 새빨갛습니다. 대구의 향토음식인 따로국밥, 찜갈비, 복어불고기, 짬뽕도 그렇죠. 대구의 빨간 맛처럼 대구의 말도 자극적입니다. 제주도 같은 섬에 사는 이들은 대개 목소리가 크고 거센소리를 많이 쓰는데, 그 이유가 바람소리나 바닷소리에 말소리가 묻히지 않게 하기 위해서라고 합니다. 이처럼 경상도 사람 특유의 화법에도 유래를 찾아보면 이유가 있을 테죠. 저는 그 이유 중 대표적인 것이 "우리가 남이가?"라고 하는 정서라고 봅니다. 서로를 잘 안다고 생각하기에 긴 설명이 필요 없다고 여겨 짧게 핵심만 말하는 것. 친밀한 애정으로 상대에게 조언을 한다고 생각하기에 진솔한 메시지만이 중요하다 여기는 거죠.

경상도 사람들은 에둘러 말하지 않습니다. 솔직한 사람을 믿을 수 있는 사람으로 치죠. 어릴 때 지역감정을 조장하는 말로 자주 들었던 말이 '전라도 사람들은 겉과 속이 다르다'는 거였어요. 그에 비해 대구 사람은 다소 거칠어 보일 순 있어도 뒤끝이 없고 꾸밈이 없는 게 미덕으로 여겨집니다.

일단 편가르기부터 한 뒤에 내 편인 자들에게만 말을 하겠다는 의식. 내 편이라면 어떤 식으로 말하더라도 오해하지 않고 본심을 알아차려줄 것이기에 에둘러 말하지 않는 화법은 이미 입장이 같은 사람들에게만 깊이 공감될 뿐입니다. 나와 다른 사람에게 설명을 하거나 설득을 하기에는 이런 화법이 전혀 효과가 없죠. 이같은 솔직함은 날카롭게 벼려져 남을 찌르는 무기가 되기도 쉽습니다.

생각이 비슷한 사람들과 이미 다 알고 있는 이야기를 재차 확인하고 싶지 않습니다. 오해받더라도 나와 다른 사람에게 끝까지 말을 걸어보고 싶습니다. 내 편이 아니더라도 상대를 존중하면서 때로 납득하기 어려운 이야기라도 들어보고, 양보할 수 있는 부분을 가늠해보고 싶습니다. 경상도식 억양을 버리는 것보다 경상도식 화법을 버리는 것이 제게는 더욱 시급한 과제였고 현재까지도 노력하는 중입니다. 그러니 경상도식 화법은 제게 반면교사입니다. 어떻게 말해야 할지 고민될 때는 뭐든 그와 반대로 생각하는 거예요. '우리가 남이가?'에서 시작되는 말하기를 '우리는 남이다. 그러니 더욱 조심해야 한다'로, '그걸 꼭 말로 해야 아나?'를 '그걸 꼭 말로 해야 안다'로. '내가 일일이 하나하나 말해야 되나?'를 '내가 일일이 하나하나 말해야 한다'로 바꿔서 말이죠. 충격 요법은 병원에서나 사용하는 것이지 일상에서는 일절 필요가 없으니까요.

삶의 해상도를 높이는 연습

초등학생 시절 미술 시간이 되면 24색이나 48색 크레파스를 넓게 펼쳐놓은 친구를 힐끗힐끗 보곤 했습니다. 12색 크레파스만 가진 저와 달리 분홍색, 고동색, 금색…… 갖가지 색으로 그림을 쓱 쓱쓱싹 그려나가는 걸 보면서 잠깐 빌려달라고 해볼까 생각하며 침을 꼴깍 삼켰지요. 색이 많으면 노을이 지기 시작한 하늘을 그릴 때도, 여름날 숲속 풍경을 그릴 때도, 뛰노는 친구들을 그릴 때도 다채롭고 풍성하게 표현할 수 있으니까요.

일본의 사상가 우치다 다츠루는 교양의 가장 큰 역할을 '쪼개는 것'이라고 말했습니다. 다른 사람이 보기에는 별 차이가 없는 것도 배운 사람, 즉 언어가 있는 사람에겐 쪼갤 수 있는 미세한 차이가 보인다는 거죠. 그는 이를 해상도에 비유했습니다. 높은 해상도로 세상을 볼 수 있으면 차이를 분별해서 더욱 섬세하게 언어를 사용할 수 있다고 말입니다. 마치 48색 크레파스로 그림을 그리는 것처럼 더 세밀하고 다채로운 언어를 사용하면 글 역시 풍부해지고 삶의 해상도도 높아집니다.

저는 '이거나 저거나 그게 그거'라며 뭉뚱그리지 않는 사람이 되고 싶다고 생각하며 글을 써왔고, 말하고자 하는 바를 최대한 정확히 표현하기 위해 각종 어휘를 넉넉히 구비해왔어요. 그림을 그릴 때 색에 대한 이해가 있어야 하듯, 글을 쓸 때는 알고 있는 어휘가 많아야 이를 활용해 이야기하고자 하는 바를 밀고 갈 수 있으니까요. 매일 책을 읽고 모르는 단어는 찾아보고 외우면서 제 안에 단어들을 차곡차곡 쌓아갔습니다.

글을 쓸 때는 자신에게 집중하게 됩니다. 표현하고 싶은 생각들을 머릿속에 소장중인 어휘들과 일대일로 짝지어나가는 것이 글의 기본이기 때문이지요. 신문을 인쇄하기 위해 판을 준비하는 조판공처럼 중간에 흔들리지 않고 결론까지 뚝심 있게 밀고 가야 힘이 생깁니다. 적확한 단어를 고르는 데 힘을 써야 하지요.

반면 말하기에는 타인에 대한 관심이 기본입니다. 상대의 지식수준이 어느 정도일지, 현재 관심사가 무엇일지, 기분과 상황이 어떨지, 상대가 궁금해하는 게 무엇일지 등을 감안해 질문합니다. 그걸 파악해야 말의 순서를 정리하고, 정보량을 조절하며, 멈출 때와 계속 나아갈 때를 분간할 수 있습니다. 또, 말을 하는 순간에도 타인에게 집중해야 합니다. 떠오른 생각을 어떻게 편안하게 나눌 수 있을지 자문합니다. 보다 부드럽고 친절한 단어를 고르기 위해 애쓰고 청중의 반응이 어쩐지 시큰둥하다면 즉석에서 예시를 바꿀 필요도 있지요.

글쓰기를 할 때는 마음속으로 잠시 음소거 버튼을 누르고, 말하기를 할 때는 창을 활짝 열어두어야 합니다. 글쓰기에만 집중하던 시절 저는 "말을 너무 어렵게 한다"는 핀잔을 들은 적이 있습니다. '어떻게 하면 말을 잘할 수 있을까?'에만 몰두하다가 질문이 잘못되었음을 알게 된 후 변화가 시작됐습니다. '편안하게 말하기'로 목표를 바꾸자 놀랍게도 말을 잘한다는 칭찬을 듣게 되었거든요.

우리집 네 살배기 아이 이수호 군은 한창 말과 글자를 배우고 있습니다. 평소엔 재잘재잘 세상 희한한 소리는 다 하다가 화가 날 때면 울먹이기만 하거나 "싫어"를 반복할 때가 있는데요. 불편한 마음을 어떻게 표현해야 할지 어려워하는 건 어른이나 아이나 마찬가지인 것 같습니다. 그럴 땐 잠시 기다렸다가 진정이 되면 "그런 마음이 들 땐 이렇게 말해봐. 다음에 또 이런 일이 생기면 똑같이 해보는 거야"라고 일러 줍니다. 이러한 자기표현이 기술은 제가 간절하게 찾아다녔던 조언이었습니다.

『다정하지만 만만하지 않습니다』에는 이처럼 제가 듣고 싶었던 말, 실질적인 도움이 될 이야기만 담았습니다. 여기서 강조하는 말과 글의 차이를 확인하면서 일상에서 하나씩 시도해보시길 바랍니다. 어른으로서 가장 우선해야 하는 일은 마음 관리와 언어 관리라고 생각하는데요. 이 둘은 긴밀히 연관되어 있어서 언어를 잘 다룰 수 있다면 마음도 잘 다룰 수 있습니다.

고아라, 전민지, 김수현 편집자님의 도움이 아니었다면 이 책은 나오지 못했을 겁니다. '내가 뭐라고 이런 책을 쓰나' 고민하는 고질병 때문에 글쓰기를 자꾸 멈추고는 했는데, 그때마다 격려해주셨기에 끝까지 쓸 수 있었습니다.

빨리 어른이 되고 싶은 이유가 과자 한 봉지를 한꺼번에 다 먹기 위해서라던 아이, 수호의 키가 아빠와 비슷해질 때쯤 이 책을 선물하고 싶습니다. 엄마는 네가 말하기 연습을 할 때부터, 아니 그전부터 언제나 응원하고 사랑해왔다고 말해주면서요.

제가 글을 쓸 수 있도록 함께해주시는 독자들에게 항상 감사합니다. 더 나은 사람이 되길 포기하지 않는 이들이 제 책을 읽는다고 생각합니다. 노트북 앞에 앉았지만 막막할 때면 문득 이게 마지막이 아닐까 두려워지곤 하는데요. 그럴 때마다 메일함에 저장해둔 독자들의 편지를 꺼내봅니다. 오래오래 쓰겠습니다. 다시 한번 고맙습니다.

부록

무례한 사람에게 웃으며 대처하는 법

〈세상을 바꾸는 시간 15분〉, 2018

안녕하세요.『무례한 사람에게 웃으며 대처하는 법』이라는 책을 쓴 정문정이라고 합니다. 생각했던 것보다 더 예뻐서 놀라셨죠? (웃음) 제가 이 책을 냈더니 정말 많은 사람들이 물어보셨어요.

"왜 무례한 사람에게 웃으며 대처해야 해요?"

"왜 무례한 사람에게 웃으며 대처해야 된다는 글을 쓰게 됐어요?"

그 계기는 2017년 여름으로 거슬러올라갑니다. 한 정치인의 '노룩 패스' 사건 기억나시나요? 너무나 잊을 수 없던 사건이죠. 실명을 말씀드릴 수는 없고 소문이 무성한 김 모 의원이 공항에서 보좌관의 얼굴도 보지 않고 캐리어를 옆으로 밀어버리는 모습을 보여주었는데요. 당시 영상을 잠시 같이 보실까요. 영상이 참 중독성 있지 않나요? 저는 계속 보게 되더라고요.

"와, 저 스웩" "저렇게도 할 수 있단 말이야?"

그러면서 계속 보게 되는 거죠.

저는 사실 이 영상만으로는 놀라지 않았어요. 사람은 누구나 실수를 할 수 있잖아요. 앞에 카메라가 있다는 걸 망각하고 평소 하던 대로 해버렸다고 생각했어요. 본인도 당황하고 있을 거라고 생각했죠. 시간이 좀 지나서 기자들이 "그때 왜 그런 행동을 하셨나요? 그 모습이 굉장히 논란이 되었는데요"라고 물어보면 "미안하다. 내가 그때 피곤하고 경황이 없어서 실수를 했다"라고 하실 줄 알았어요. 근데 웬걸, 몇 주가 지나 인터뷰를 했는데 이렇게 이야기를 하시더군요.

"그게 왜 문제가 되나. 이걸로 기사 쓰면 고소할 거다."

저는 거기서 정말 너무나 큰 충격을 받았습니다. 아무도 이 정치인에게 "의원님의 캐리어 사건으로 요즘 민심이 나쁩니다. 기자들이 물어보면 '이건 제 실수입니다. 잘못했습니다'라고 말씀하시는 게 좋을 것 같습니다"라고 말하지 않았구나. 당연히 주변에서 충언을 해주는 사람이 있을 거라 생각했는데 아무도 그 이야기를 못했구나.

어쩌면 이게 그냥, 소문이 무성한 이분만의 잘못이 아니라 정말 우리 사회가 이분이 이렇게 될 수밖에 없도록 용인을 했구나. 어쩌면 우리가 모두 이 심각한 갑질의 동조자일 수도 있겠다. 자신이 했던 이 행동을 반성하기는커녕 "이게 왜 문제가 되나?"라고 말을 하도록 놔두는 것을 보면서 우리가 어쩌면 사실은 무례한 사람을 한 번도 제지한 적이 없구나, 그런 생각을 하게 된 거죠.

사실 저는 그전까지 제 나름대로 무례한 사람에게 대처하는 방법들을 나름 익히고 실천을 하고 있었어요. 그런데 노룩 패스 영상의 여파를 보면서 어쩌면 갑질이나 무례함 때문에 고민하는 사람들이 나만이 아니겠다, 그리고 이렇게 충격을 받은 사람들이 많으니까 제가 했던 실천들을 정리해서 사람들에게 저도 했으니 여러분도 할 수 있다고 이야기를 해보고 싶었어요. 그래서 동명의 칼럼을 썼고 그 칼럼을 확장해서 책으로까지 내게 된 거죠. 그 책으로 이렇게 여러분 앞에서 강의까지 하게 됐잖아요? 그분께 큰 영감을 얻어서 제가 이 자리까지 오게 됐으니까 그분은 제 뮤즈라고도 할 수 있겠네요. 이 자리를 빌려서 다시 한번 굉장히 감사하다는 말씀을 드리고 싶습니다.(웃음)

지금까지 제가 너무나 완벽한 서울말을 구사해서 아마 모르셨을 텐데(웃음) 제가 경상도 출신이거든요. 경상도에서 태어나고 자라다보니까 특유의 보수적이고 권위적인 문화에 익숙했어요. 저는 어릴 때 "어른에게 절대 싸가지 없게 말대꾸하지 마라." 이런 말을 자주 들었어요. 어릴 때부터 집안 형편이 좋지 않아서 초등학교 때부터 신문 배달을 했고 미성년자일 때부터 아르바이트를 계속했어요. 제가 체구도 작고 이렇게 좀 연약해 보이잖아요?(웃음) 그렇다보니 만만하게 느껴진 건지 무례한 일을 많이 겪게 되더라고요. 폭언을 많이 들었고 임금을 자주 떼였어요. 얘는 어리니까 그래도 된다고 생각했던 것 같아요. 참고 참다가 너무 힘들면 어른들에게 고민 상담을 했습니다.

"저 너무 힘들어요. 이렇게 무례한 말을 많이 들었는데 어떻게 해야 하나요?"

그랬더니 저에게 어른들이 뭐라고 하는지 아세요?

"힘없으면 어쩔 수 없어."

"억울하면 출세해라."

"그 정도로 힘들어하면 나중에 진짜 취업해서는 사회생활 어떻게 할래?"

"네가 여자라서 예민한 것 같아. 어쩌냐. 남자는 군대라도 다녀오는데."

이런 말들을 하는 거죠. 그런 거구나. 내가 예민해서 그런 거구나, 그렇게 생각을 했지요.

그런데 그렇게 참다보니까, 제가 느낀 심각한 부작용이 있었습니다. 그게 뭐였냐면, 제가 계속해서 참다보니까 참지 않는 사람들을 보면 자꾸 화가 나는 거예요. 예를 들어서 저는 계속 참다보니 참아졌습니다. 부당한 일이 있어도 원래 그런 거지, 내가 예민한 거야, 하면서 넘어갔습니다. 좋게 좋게 넘어가야 사회생활을 잘하는 거니까요. 제가 꾸역꾸역 참고 있는 상황에서 누군가 손을 들고 "그건 아니지 않습니까?"라고 하면 제 속이 부글부글 끓는 거예요.

'자기만 힘든가?'

'나도 힘든데 쟤는 왜 혼자만 힘든 척하지?'

'저 사람 엄청 예민하네.'

이런 생각을 하게 되는 거예요. 제가 어릴 때 들었던 그 말들에 상처를 심하게 받아놓고 시간이 흐른 후에 그때의 어른들과 똑같은 말을 속으로 하는 걸 보면서 스스로에게 공포심을 느꼈습니다. 어릴 때부터 계속 들었던 그 말, "억울하면 출세해라"라는 말의 뉘앙스가 "억울하면 네가 출세를 해서 정말 힘있는 사람이 되어서 너보다 약한 사람을 도와줘라"라는 뜻이 아니잖아요. "네가 받은 걸 되돌려줘라"라는 뜻이잖아요.

제가 그렇게 무례한 일을 당해놓고, 그 무례한 것들에 대해서 익숙해지다못해서 무례한 일들에 반기를 드는 사람을 보면 속으로 미워하고 있는 거예요. 어떤 상처를 받은 사람들이 그 상처가 제대로 치유되지 않으면 다른 사람들을 필연적으로 미워하게 되는구나. 자기가 피해자고 꾹꾹 참고 있다고 생각하는 사람은 공감 능력과 마음의 여유가 없어서 다른 사람들의 아픔에 공감을 할 수가 없구

나. 그리고 내게 어떤 문제가 생겼을 때 합당한 비판을 하는 사람을 만나더라도 "야, 지금 너만 힘드냐? 나도 힘들어." 이런 식으로 자꾸 이야기를 하게 되는구나.

낙수효과라는 말이 있습니다. 많이 들어들보셨지요. 물이 높은 곳에서 아래로 흐르듯 대기업의 성과가 사회 전반에 퍼진다는 원리가 낙수효과인데, 갑질도 낙수효과처럼 한국 사회를 지배하고 있구나, 내가 받았던 상처를 그대로 나보다 더 약한 사람에게 계속해서 전달해주고 있구나, 라는 생각을 하게 됐습니다.

김찬호 교수가 쓴『모멸감』이라는 책을 보면 한국 사람들이 자기의 공허, 상처 같은 것들에 대처하기 위해서 가장 많이 하는 일이 위계를 만들어 자기보다 더 약한 사람을 무시하는 행동을 해서 존재감을 확인하는 거라고 합니다. 이 거대한 사회 안에서 저 또한 그렇게 갑질의 낙수효과를 함께하고 있더라고요. 예전에 들었던 말들을 그만 좀 반복하면 좋겠다, 이런 말을 계속하는 것이 우리 사회에 아무런 좋은 일이 되지 않겠다, 이런 생각을 하게 됐습니다.

나이를 먹고 그리고 저도 후배들이 생기다보니까 이제 분위기를 띄워야겠다는 생각으로 막 농담을 할 수도 있잖아요. 이런저런 얘기를 하다보면 멈추지 못하고 오버를 할 때가 있습니다. 그런데 그때 누군가 "그건 문제가 될 수 있어"라고 지적해주면 다음부터는 반성하고 그 말을 하지 않는데, 다들 웃어주면 "야, 이 말이 되게

재치 있구나"라고 생각하고 계속 반복하기가 쉽지요.

한번은 제가 이런 말실수를 했습니다.

"열심히 해야지. 잠은 죽어서 자면 되잖아."

그랬더니 후배가 제 손목을 잡으면서 그러더군요. "선배, 지금 2018년입니다. 요즘은 그런 말 하시면 감옥 가요." 이러는 거예요. 제가 그때 속으로 부끄럽고 놀라면서도 참 고마웠어요. 다음부터는 그걸 농담이랍시고 하지 않게 됐고요. 만약 그 농담을 듣고 후배들이 웃어줬다면 저는 제가 아주 재치 있다고 생각해서 그 농담을 계속했을지도 모르겠어요.

누군가 작게나마 제지를 하기 시작하면, 제지를 받았을 때 화내지 않고 들을 수 있는 문화가 생겨나면 이 사회의 갑질 문화가 바뀌겠다, 내 세대에서 멈출 수 있겠다, 라는 희망을 제 경험에서도 보았습니다. 이렇게 누군가 제지를 했을 때 실제로 나보다 더 약한 사람에게 갑질을 하는 행동이 줄어들 수 있다는 것은 국내의 한 기업에서도 증명했습니다.

현대카드는 2012년부터 고객이 폭언이나 성희롱적인 발언을 하면 두 차례 경고를 하고, 그래도 그런 발언을 계속하면 안내 직원이 전화를 먼저 끊을 수 있도록 하는 방침, 즉 '엔딩 폴리시'를 시행했습니다. 현대카드의 발표에 따르면 이 정책을 도입한 후 폭언이 줄었고 직원들의 퇴사율도 유의미하게 줄어들었다고 합니다. 직원들 입장에서는 여차하면 내가 먼저 전화를 끊을 수도 있고 고객에게 경고를 할 수도 있다는 걸 아니까 스트레스는 이전만큼 받지 않게 되는 거죠.

제가 무례한 사람에게 웃으며 대처하는 법을 연마해왔다고 앞에서 말씀드렸는데요. 제게는 무례한 사람들에게 대처하는 저만의 엔딩 폴리시가 몇 가지 있습니다.

첫번째는 무례한 사람이 문제가 되는 발언을 했을 때 그냥 건조하게 말을 해주는 겁니다.

감정을 크게 실을 필요도 없어요. 예를 들어서 "아휴, 저 사람 얼굴이 참 자유분방해" "어휴, 저 사람은 참 용기가 대단해. 저 몸으로 저런 치마를 입네" 같은 말을 한다고 했을 때 "저 사람이 들으면 상처받겠는데요?" "방금 말씀하신 거 녹음해서 제가 인터넷에 올리면 실시간 검색어에 올라가겠는데요?" 이런 식으로 방금 했던 말이 문제가 될 수 있다는 걸 건조하게 알려주는 거죠. 우리는 누구나 당연히 자유롭게 말을 할 수 있죠. 그런데 그 자유는 다른 사람들의 인권을 침해하지 않는 범위에서만 가능한 거잖아요. 누군가 그 선을 넘었을 때 "방금 그 선 넘으셨어요" "금 밟으셨어요"라고 말을 해주는 것이 굉장히 유효하다는 걸 다년간의 경험을 통해 깨달았습니다.

두번째로 제가 하는 행동 중 하나는 누군가 무례한 말을 했을 때 되물어서 상황을 객관화하는 거예요.

어떤 연인이 지나가는 걸 보면서 "우와, 저 남자는 돈이 많나 봐"라고 했다고 치죠. 그럴 때 "아~ 저 사람이 못생겼다는 말씀인 거죠?" 하고 진짜 모르는 척 물어보는 거죠. 특히 직위가 올라갈수록 무례한 말들을 많이 하게 되는데요. 그런 분들일수록 제지를 받아본 경험이 없기 때문에 가볍게 툭 쳐주기만 해도 순간적으로 앗 하고 놀라게 됩니다. "어휴, 그러게요. 저 사람 거의 만수르 급인가 봐요" 같은 식으로 계속해서 한술 더 떠서 호응해주는 것에 익숙해져 있었는데, 누군가 "어? 그게 무슨 뜻이에요?"라고 물어봤을 때 순간적으로 헉 한다는 거죠. 그렇게 가볍게 한번 쿡 찌르기만 해도 무례한 사람들이 순간적으로 당황하면서 자기 행동을 점검하는 것을 많이 봤습니다.

세번째는 상대가 사용했던 부적절한 단어나 논리를 되돌려주는 거예요.

최근 본 뉴스에서 한 국회의원이 이런 말씀을 하셨어요. "경상도에서는 '영감탱이'라는 표현이 욕이 아니라 친근한 표현이어서 장인에게 그렇게 말한 겁니다." 그럼 제가 그분을 뵈었을 때 이런 식으로 말하면 어떨까요? "의원님, 안녕하세요. 저도 경상도 출신인데 참 좋아하고 존경합니다. 그러니 영감탱이라고 불러도 될까요?" 억지스러운 논리를 되돌려줄 수도 있어요. 예를 들어서 남자친구가 여자친구에게 "어우, 넌 가슴도 작은데 뭐하러 브래지어를 하고 다니냐. 그냥 대일밴드만 붙이고 다녀." 이런 말을 했다고 쳐보죠. 그럼 "응. 알았어, 오빠. 오늘부터 안 하지 뭐. 그럼 오빠도 오늘부터 팬티 입지 마. 약속!" 이렇게 말할 수 있겠죠. 상대가 도를 넘는 수준으로 무례한 말을 하거나 비상식적으로 나오면 이 말이 정말로 문제가 되는 말이라고 역지사지로 느끼게 해줄 필요가 있습니다. 이건 좀 과격하기는 하지만 유용하다는 것을 제가 몇 번 경험했습니다.

마지막 네번째는 무성의하게 대답하는 거예요.

제가 육아에 관심이 많아서 육아 서적을 굉장히 많이 읽었는데요. 거기에 이런 말이 많이 나왔어요. 아이가 굉장히 떼를 많이 쓴다면 처음에는 좀 달래주지만 정도를 넘어선다면 그냥 가만히 쳐다보라고 합니다. 가만히 쳐다보면서 기다렸는데도 해결이 되지 않으면 그 자리를 떠나라고 해요. 왜냐하면 아이가 자기 스스로 생각할 기회를 주는 거죠. 시간을 주는 거예요. 예를 들어서 제가 원치 않았는데 SNS로 이상한 말을 하면 대꾸 자체를 하지 않습니다. 또는 굉장히 무성의하게 대답해요. 실제로 만난 상황이라면 "아~ 그렇게 생각하시는구나" "네~ 제가 알아서 할게요." 이런 식으로 굉장히 짧고 무성의하게 반응합니다. 그러면 상대가 다시 한번 생각을 하게 됩니다. 보통의 사람이라면 스스로 '내가 재미가 없나? 내가 뭔가 부적절한 말을 했나?' 생각해볼 수 있죠.

최근에 너무나 화제가 된 사건이 또 있었는데요. 대한항공의 비행기 회항 사건 기억하시죠? 경비원이 갑질에 시달리다가 자살했다, 이런 뉴스도 있고요. 라면이 덜 익었다고 비행기 내에서 승무원을 폭행한 라면 상무 사건도 있었습니다. 정말 잊을 수 없는 사건입니다. 이 같은 갑질이 우리 사회에서 계속 일어나는 이유가 뭘까 생각해봤는데요.

영국 매체 인디펜던트지에서 "'갑질'은 한국 사회의 고질적인 문제다"라고 이야기를 하더라고요. 물론 전 세계적으로 한국만 그런 건 아니겠지만 한국에서 유독 이런 사건이 자주 일어나고 심각한 양상을 보이는 것 같습니다. 제가 아까 앞에서 이야기했듯이 누군가 어떤 무례한 말을 했을 때 '저 사람은 윗사람이니까' '나만 참으면 돼'라고 생각하는 게 아니라 어떤 식으로든 콕콕 찔러서 "금 밟으셨어요" "이 말씀은 문제가 될 수 있습니다"라고 이야기해주기 시작함으로써 우리 사회가 더 나아지지 않을까 이런 생각을 계속하게 됩니다.

우리가 어떤 식으로든 반응을 하게 되면, 누군가 손을 들고 이건 문제가 될 수 있다고 했을 때 그를 미워하지 않을 수 있을 겁니다. 그럴 때 "너만 힘드냐? 나도 힘들어"라고 말하는 것이 아니라 "너도 힘드니? 나도 사실 힘들었는데 우리 함께 대응을 좀 해보자"라고 말함으로써 이 사회가 좀더 건설적으로 나아가면 좋겠습니다. 결국 제가 『무례한 사람에게 웃으며 대처하는 법』을 내면서 가장

하고 싶었던 말은 이겁니다. 제가 어릴 때부터 항상 들었던 말, "좋게 좋게 넘어가라." 그러면 안 된다고 생각합니다. 저는 오늘 이 자리에서 여러분에게 이 이야기를 하고 싶습니다.

"좋게 좋게 넘어가지 않아야 좋은 세상이 옵니다."

감사합니다.

돈 없고 빽 없는 사람이
더 좋은 곳으로 가려면

〈세상을 바꾸는 시간 15분〉, 2021

안녕하세요. 작가 정문정입니다. 삼 년 만에 〈세바시〉에 다시 찾아왔어요. 지금은 전업 작가로 활동하고 있고요. 전에는 십 년간 직장생활을 했어요. 2018년에 『무례한 사람에게 웃으며 대처하는 법』을 냈고, 최근에 『더 좋은 곳으로 가자』란 책을 냈습니다. 지난번 책의 부제는 '인생은 긍정적으로, 개소리에는 단호하게'였고요, 이번 책 부제는 '능력에 요령을 더하면 멋지게 갈 수 있다'예요. 전작이 '무례한 세상 속 나를 지키는 요령'이었다면, 이번 책은 '무례한 세상 속 나를 키우는 요령'이라고 설명드릴 수 있을 것 같아요.

왜 요령이라고 하냐면, 훈계와 충고와 요령은 다르잖아요. 제가 회사에서 큰 실수를 했을 때 '그렇게 정신상태가 썩어선 아무것도 못해. 내가 네 나이 때는 말이야……'라고 하는 게 훈계이고, "자식 같아서 하는 말인데, 지금이라도 그만두고 딴 일 하는 게 어때?" 하는 게 충고라면, 요령은 "나도 저번에 같은 실수를 했는데 이렇게 하니까 쉽더라. 한번 해봐" 하고 알려주는 거지요. 저는 오늘 이 자리에서 '돈도 없고 문화적 자본도 없는 사람이 각자도생의 시대에 성장하기 위해서는 어떻게 해야 하는가?'에 대해 제가 알아낸 요령을 말씀드리려고 해요.

"지금의 모습이 되는 데 부모에게 어떤 문화적 유산을 물려받았나요?"라는 질문을 받은 적이 있어요. 그래서 한참 고민하다가 이렇게 대답했어요.

"어릴 때 제 주변엔 닮고 싶은 어른이 많지 않았어요. 그래서 책을 열심히 읽었어요. 책에는 닮고 싶은 사람이 많았거든요." 이 말을 하고 보니까, 제 남편이 생각났어요. 남편은 수험서 빼고는 완독한 책이 제가 쓴 책밖에 없는 사람이에요. 연애할 때는 저 만나느라 바빠서 그런 줄 알았죠. 결혼하고 보니까 그냥 원래 책을 안 읽더라고요.

근데 제가 놀랐던 건 단순히 그 이유 때문이 아니었어요. 공부 열심히 안 하는데 성적은 잘 나오는 사람 있잖아요? 재수없잖아요? 남편이 딱 그런 느낌인 거예요. 책은 안 읽는데 현명해! 성숙해! 우린 동갑인데, 뭐지? 저 비결은? 그 이유를 남편의 가족을 보면 알게 되었어요. 남편 주변에는 책의 역할을 하는 사람이 많았네, 저 가족은 대화하면서 비난의 말하기로 빠지지 않고 실질적인 조언을 다정하게 말해주고 있네, 남편은 그 과정에서 자연스럽게 사람 책을 읽었구나. 저는 그전까지 가족끼리는 원래 세 마디 이상 안 하는 건 줄 알았어요.

이 차이는 저 혼자 발견한 게 아니고 이미 전문가들이 알아낸 거예요. 심리학자 베티 하트와 토드 리슬리는 부모의 계층에 따라 아이들 간에 '대화 격차'가 발생한다는 것을 밝혀냈어요. 세 살 정도가 되면 전문직 부모를 둔 아이는 가난한 가정의 아이에 비해 집에서 약 삼천만 단어를 더 듣게 된대요. 말을 많이 거는 부모와 사는 아기들은 그렇지 않은 그룹보다 언어 능력이 높았고요. 언어적 격차뿐 아니라 문화적 경험의 격차도 심각해요.

『20 vs 80의 사회』라는 책에 등장하는 사례를 볼까요. 경제학자 그레그 던컨과 리처드 머네인의 연구에 따르면 자녀가 풍성한 경험을 할 수 있도록 지원하는 지출은 상위 20퍼센트 가구가 하위 20퍼센트 가구보다 열 배 많다고 해요. 이러한 아이들 사이 간극은 시간이 지날수록 더 커질 거라는 게 진짜로 무서운 점이고요.

지난해 사람들이 가장 많이 쓴 이 시대 키워드가 '각자도생'이었어요. 그게 무슨 뜻이에요? 스스로 살아남아라! 저는 그 말이 들릴 때마다 우울했어요. 사회가 도와줄 수 없으니 알아서 살아남아야 한다는 건데, 저의 남편 같은 환경에서 자라는 아이는 부모님이 이끌어주겠죠. 돈이 있거나 문화적, 사회적 자본이 있다면 옆에서 도와줄 사람이 있잖아요. 근데 책을 읽어서 간접경험으로 문화자본을 가져야 했던 저 같은 사람들은 어떻게 해요? 남편 같은 사람이 후에 성공하면 능력이 대단하다고 하겠죠. 저 같았던 아이가 이 시대에 잘 안 풀리면 노력이 부족했다고 하겠죠. 이게 진짜 공정한 게 맞는 거예요?

그 고민 때문에 제가 이번에 새 책을 쓰게 된 거예요. 각자도생 하라고 하는데, 능력으로 증명하라고 하는데, 주변에 책의 역할을 하는 사람이 없으면 좌절하기가 너무 쉽다는 걸 저는 일찍부터 체감했거든요. 우리는 살면서 그 누구라도 어떤 좌절에 부딪힐 수밖에 없고, 그럴 때는 누구든 패닉에 빠져 시야가 좁아져요. 이때 필요한 도구는 충분한 시간적 여유와 정보력, 그리고 이것들을 가능하게 하는 예비비예요. 이 도구가 없으면 자꾸 절박해지고 절박하면 실수하고, 실수했을 때 누군가가 도와줄 수 없으니까 다시 도전할 기회가 사라져버리는 거예요. 반대로 돈과 사회적 자본이 많은 사람들에게 실패는 자산이 되고요.

저의 남편처럼 문화자본이 많은 아이들은 어릴 때부터 주변에서 구체적이고 실질적인 조언을 듣고 자라요. 공부는 이렇게 하는 게 좋고 요즘은 어떤 분야가 전망이 있고 하는 식으로요. 그런데 저 같은 배경의 아이들은 맞춤식이 아니고 지시적인 언어에만 노출되기 쉬워요. 제가 어릴 때 자주 들었던 말, "여자는 선생이 최고다" "공무원 해라" 이런 거요. 일단 본인이 내용을 잘 모르고 깊이 생각해보지 않은 말에는 힘이 없어서 귀에 박힐 수가 없어요. 그냥 발화되는 순간 날아가버려요. 저도 그렇게 휴지처럼 날아가는 말들에 익숙했죠. 이건 부모 잘못이 아니에요. 그들도 그런 환경에서, 잘 모르지만 자식이 잘되길 바라는 마음에서 한 말이잖아요. 그건 어쩔 수 없어요. 다만 제가 묻고 싶은 건 이거예요. 어떤 사람은 단지 운이 좋아서 문화적 유산을 많이 물려받아요. 그런데, 이걸 기대할 수 없는 사람은 어떻게 해야 하나요?

제가 알아낸 것, 제가 시행착오를 겪으면서 핵심이라고 찾아낸 요령은 이거예요.

첫번째, 뭐든지 해보지도 않고 '해봤자 별것 없을 거야'라고 생각하지 않기.
제가 어릴 때 뭘 하고 싶어하면 어른들은 말했어요. "송충이는 솔잎을 먹어야 되는 거야." 사람들은 자꾸 자기에게 주어지지 않은 걸 보면, 사실은 원하는 게 있으면서도 그걸 갖지 못한 자신과의 괴리를 의식하는 게 괴롭기 때문에 애초에 필요 없는 거라고 무시하기가 쉬워요. 근데 그렇게 되면 내게 없는 것은 영원히 모르는 채로 살아가는 거예요. 저도 한때는 시니컬했죠. 그렇게 되니까 세상을 보는 관점 자체가 다 그렇게 부정적으로 바뀌어버리더라고요. 진짜로 별게 없는지는 해봐야 알아요. 별거 아니라고 생각하지 않고, 반대로 또 너무 대단하다고 여겨서 압도되지도 않는 게 중요해요. 좋아 보이는 게 있으면 저는 그저 객관적으로 바라보려고 노력했어요. 저걸 사람들이 좋다고 말하네? 왜 좋은 거지? 하고 어떻게든 일단 한번 경험해보고 그후에 온전히 판단하려고 했어요. 세상은 직접 경험해보고 나면 절대 다 똑같다고 말할 수 없는 것들로 이뤄져 있더라고요. "그놈이 그놈이다." 저는 이런 말 싫어해요. 어떻게 그놈이 그놈이에요? 겪어보면 얼마나 다 다른데요.

두번째, 자기 의지만 믿으면 안 돼요.

제가 보기에 이건 능력주의가 만든 거대한 음모예요. "의지가 부족하다" 이런 말 많이 하잖아요. "의지로 극복해라" 이런 말 많이 하잖아요. 근데 제가 보기에 강력한 의지를 가진 사람은 극소수예요. 보통의 사람들이 자기 의지를 과대평가하다가 자꾸 실패하는 것 같아요. 의지의 문제라고만 이야기하면 기득권 입장에서는 너무 편하죠. 성공도 실패도 다 의지의 문제라고 이야기하면 얼마나 간단해요? 얼마나 으스대기 좋아요? 사회구조를 개선할 필요도 없죠.

성공한 사람들을 지켜보니까 특별히 의지가 강력한 게 아니라 그걸 할 수밖에 없는 환경이 구축되어 있더라고요. 예컨대 연예인이 출산 후에 바로 십 킬로그램 빼는 걸 대단한 의지라고 치켜세우는데, 여러분이 무슨 일이 있더라도 회사 가는 것처럼, 그들은 매력자본을 가꾸는 게 직업이에요. 트레이너가 있고 식단 관리해주는 사람이 있고 살 못 빼면 위약금 낸다고 계약서에도 쓰여 있고 이런 조건에 있다는 말이죠.

오늘부터 최소한 한 달에 한 권씩 책을 읽겠어, 다짐할 게 아니라 독서 모임에 가입하면 돼요. 제가 직장생활을 하면서 알게 된 진리가 있었어요. 그게 바로 뭐냐면, 일단 '마감이 있으면 어떻게든 할 수 있다'예요. 그걸 알고는 진짜 너무 억울했어요. 그전에 저는 제가 의지 약한 사람인 줄 알았거든요. 저 같은 경우에는 회사에 다니며 글을 썼는데 그걸 안 후로는 '글을 써야지!' 다짐한 게 아니라 일단 마감 일정부터 만들었어요. 글쓰기 모임에 가서 반강제적으로 원고 마감 일정을 잡았고, 잡지사 사람들에게 "원고료 조금만 받거나 안 받아도 되니까 원고 좀 실어주세요"라고 부탁했어요. 그렇게 강제로 마감을 만들었어요. 이번에 제가 책을 내고 나니까 사람들이 저보고 대단하대요.

"어떻게 갓난아기를 키우면서 했어요?"

의지가 대단하대요. 대단하긴 뭐가 대단해요. 그냥 마감이 있으니까 하는 거예요. 내 의지를 믿는 게 아니라, 안 할 수 없도록 환경을 만들어서 마침내 고민하지 않고 하는 단계, 의지가 아닌 습관으로 연결되도록 하는 게 중요하더라고요.

세번째, 앞의 의지를 믿지 말라는 말과 연결되는 건데, 돈을 써서 새로운 걸 배우면 좋아요.

그럼 의지가 별로 없어도 하게 되거든요. 헬스장 빠지는 사람은 많은데 그런 사람도 필라테스는 절대 안 빠져요. 비싸니까 돈 아깝거든요. 돈이 아깝다 싶으면 열심히 할 수 있어요. 돈 없고 빽 없는 사람들, 일단 당장 쓸 돈을 버는 건 중요하죠. 그런데 이렇게 받은 작고 귀여운 월급이 너무 소중하니까 자기에게 돈 쓰는 게 너무 아깝게 여겨져요. 그냥 퇴근 후에는 집에만 있게 되는데, 이러면 그때만 가질 수 있는 경험치와 기회를 날려버리기가 쉬워요. 문화자본이 부족한 사람들은 자기에게 투자한다는 개념을 갖기가 어려워서 자꾸만 같은 자리에 머무릅니다. 부모 돈이 아닌 자기 돈으로 벌어서 배우는 사람들은 배울 때 진짜 눈빛이, 흡수력이 달라요. 부모 빽이 없는 사람이 여기서 오히려 유리해져요. 더 좋은 곳으로 가려면 이때 꼭 자기에게 투자해야 해요. 월급의 최소 10퍼센트, 가능하면 그 이상 자기가 배우고 싶었던 걸 배우면서 안목을 키우고 취향을 쌓으면 삼십대 이후에 몸값을 올릴 수 있습니다. 저 같은 경우에는 회사에 다니면서 카피라이팅, 사진, 글쓰기 같은 걸 계속 배웠고, 그걸 지금까지 잘 써먹고 있어요.

네번째, 성장하고 싶으면 새로운 자극을 주는 새로운 사람들을 자꾸 만나야 해요.

내 주변에 있는 사람들 평균이 나라는 말이 있잖아요. 어느 정도 일에 익숙해지고는 퇴근하고 회사 사람을 일부러 안 만났어요. 퇴근 후에는 의식적으로 다른 회사 사람을 만났죠. 다른 일 하는 사람 중에서도 내가 관심 있는 분야에 있는 사람을 만났어요. '약한 연결의 힘'의 중요성에 대해서는 이미 많은 학자들이 연구했어요. 마크 그라노베터가 '약한 연결의 힘'을 이야기했고요. 이건 잘 아는 사람보다는 건너건너 아는 사람, 약간 아는 사람한테 새로운 기회를 소개해주기 쉽다는 유명한 이론이죠. 같은 맥락의 또다른 연구 결과를 보면 덜 교육받은 사람들이나 사회의 하위계층은 같은 계층 내의 강한 연결에 의존하는 경우가 많고, 약한 연결이라고 해도 그 계층을 벗어나지 못하는 경우가 많으며, 좀더 교육받은 사람들이 이용하는 약한 연결은 실제로 더 높은 계층으로 이어지는 경우가 많다고 해요. 한마디로 깊이 아는 사람 말고 적당히 아는 지인이 많을수록 성공하기 쉽다는 거예요. 만나는 사람만 자꾸 만나면 새로운 생각을 할 수가 없어요. 질투심을 부르는 사람, 멋지다고 생각하는 사람 옆에 있으면 노력하지 않아도 자연스럽게 닮아가요.

마지막으로, 자기가 자주 등장하는 장소를 정해야 해요.

좌식 테이블에 가면 구부정하게 있게 돼요. 미술관에 가면 어쩐지 우아한 척하게 되죠. 어떤 곳에 가면 우리는 자연스럽게 그 공기를 느끼면서 거기에 어울리는 척 연기를 하게 되고, 그 기운이 몸에 익으면 어느 순간 그 공간에 진짜로 어울리는 사람이 됩니다. 내가 편안한 곳에만 머물지 말고 가능한 한 자꾸 어색하지만 친해지고 싶은 곳으로 가야 해요. 저는 회사에 다닐 때 놀더라도 의식적으로 파주 출판단지 가서 놀았어요. 시간 나면 광화문 교보문고에 가 있었어요. 매일 가보면 베스트셀러의 흐름이 보이고 신간들이 보여요. 처음에는 나도 책을 쓰고 싶다, 이렇게 생각하다가 자꾸 보다보면 '나도 이 정도는 쓸 수 있을 것 같은데?' 하는 생각이 들어요. 이런 생각의 변화가 핵심이에요. 그렇게 친해지고 싶은 분위기에 자꾸 있다보면 하고 싶은 일에 대해서 '내가 어떻게 해'라던 마음이 '생각보다 해볼 만한데'로 옮겨가는 거예요.

내게 주어진 조건이 좋지 않다고 해서 섣불리 포기하지 말고 이런 경험을 반드시 해보셨으면 좋겠습니다. 어딘가 도전하고 싶어질 때 솔직하게 내 상태를 들어주고 긍정적인 지지를 해주거나 조언을 해줄 수 있는 사람들이 주변에 있다면 원하는 인생을 사는 길에 가까워지거든요.

제가 책에서 '더 좋은 곳으로 가자'라는 제목을 쓴 건 결국 그런 뜻이에요. 더 높은 곳으로 가자는 이야기가 아니에요. 사람들은 자꾸 어떤 수저를 타고나지 않으면 안 된다고 하고, 지금 '영끌' 하지 않으면 안 된다고 하고, 지금 아니면 끝이라고 하면서 사람들을 불안으로 밀어넣잖아요. 물론 그 말들을 아예 다 무시할 수는 없겠지만 그게 다가 아니란 걸 믿으셨으면 좋겠어요. 각자 자기의 삶에서 애써 더 좋은 것들을 옆에 두시고 더 좋은 곳으로 갈 수 있다는 걸 믿으셨으면 좋겠어요.

자수성가한 사람을 영어로는 'a self made man(woman)'이라고 하는데요. 자기를 만드는 건 셀프라는 말, 참 씩씩하지 않나요? 물은 셀프, 나를 만드는 것도 셀프! 우리 담대하게, 더 좋은 곳으로 갑시다. 함께, 더 좋은 곳으로 갈 수 있습니다! 감사합니다.

인용 출처

1. 이동진 블로그 〈언제나 영화처럼〉, 2019년 6월 1일 게시

2. 안상순, 『우리말 어감 사전』, 유유, 2021, 54쪽

3. 김소연, 『마음사전』, 마음산책, 2008, 63쪽

4. 이중섭, 『이중섭 편지와 그림들 1916-1956』, 박재삼 옮김, 다빈치, 2011, 129쪽

5. tvN, 〈알아두면 쓸데없는 신비한 잡학사전 2〉 강남 편, 2017년 12월 22일 방송

6. 데이비드 브룩스, 「In the Age of A.I., Major in Being Human」, 뉴욕타임스, 2023년 2월 3일자

7. 이슬아, 『끝내주는 인생』, 이훤 사진, 디플롯, 2023, 28쪽

8. 낸시 슬로님 애러니, 『내 삶의 이야기를 쓰는 법』, 방진이 옮김, 돌베개, 2023, 129쪽

9. 트레버 노아, 『태어난 게 범죄』, 김준수 옮김, 부키, 2020, 103쪽

10. 벨 훅스, 『당신의 자리는 어디입니까』, 이경아 옮김, 문학동네, 2023, 29쪽

11. 백수린, 「거짓말 연습」 『폴링 인 폴』, 문학동네, 2024, 195쪽

12. 영화 〈원더〉(감독 스티븐 크보스키, 2017)

13. 신형철, 『정확한 사랑의 실험』, 마음산책, 2014, 214쪽

14. 「민희진 어도어 대표―나는 공식을 깨고 싶은 사람」『씨네21』 1391호, 2023년 1월 23일자

15. 「'성공한 인턴기자' 주현영 "목소리 경직, 잘하고 싶은 마음 때문…20대 격려를"」, 경향신문, 2021년 11월 8일자

16. 루스 베이더 긴즈버그·헬레나 헌트, 『긴즈버그의 말』, 오현아 옮김, 마음산책, 2020, 131쪽

17. 맷 페이스·조애나 페이스, 〈The Setting Boundaries Song〉 © 2022 Hopscotch

18. 하재영, 『친애하는 나의 집에게』, 라이프앤페이지, 2020, 82쪽

19. 로마노 과르디니, 『삶과 나이』, 김태환 옮김, 문학과지성사, 2016, 69쪽

인용 출처

다정하지만 만만하지 않습니다

공감부터 설득까지, 진심을 전하는 표현의 기술

1판 1쇄 2024년 5월 3일
1판 3쇄 2024년 6월 10일

지은이 정문정
책임편집 전민지 | 편집 심재경 이희연 고아라 염현숙
디자인 김문비 | 저작권 박지영 형소진 최은진 서연주 오서영
마케팅 정민호 서지화 한민아 이민경 안남영 왕지경 정경주 김수인 김혜원 김하연 김예진
브랜딩 함유지 함근아 고보미 박민재 김희숙 박다솔 조다현 정승민 배진성
제작 강신은 김동욱 이순호 | 제작처 영신사

펴낸곳 (주)문학동네 | 펴낸이 김소영
출판등록 1993년 10월 22일 제2003-000045호
주소 10881 경기도 파주시 회동길 210
전자우편 editor@munhak.com | 대표전화 031) 955-8888 | 팩스 031) 955-8855
문의전화 031) 955-3579(마케팅) 031) 955-8868(편집)
문학동네카페 http://cafe.naver.com/mhdn
인스타그램 @munhakdongne | 트위터 @munhakdongne
북클럽문학동네 http://bookclubmunhak.com

ISBN 979-11-416-0002-0 03810

www.munhak.com